D1664106

www.lenos.ch

Sakarija Tamer

Die Hinrichtung des Todes

*Unbekannte Geschichten von
bekannten Figuren*

*Aus dem Arabischen von
Hartmut Fähndrich und Ulrike Stehli-Werbeck*

Lenos Verlag

Arabische Literatur im Lenos Verlag
Herausgegeben von Hartmut Fähndrich

Die Übersetzer
Hartmut Fähndrich, geboren 1944 in Tübingen. Studierte Vergleichende
Literaturwissenschaft und Islamwissenschaft in Deutschland und in den
Vereinigten Staaten. Seit 1972 in der Schweiz, seit 1978 Lehrbeauftrag-
ter für Arabisch an der ETH Zürich. Für Presse und Rundfunk tätig.
Ulrike Stehli-Werbeck, geboren 1956 in Hamburg. Studium der Ara-
bistik/Islamwissenschaft, Semitistik, Alten Geschichte und Literatur-
wissenschaft in Münster und Damaskus. Seit 1986 wissenschaftliche
Mitarbeiterin und Dozentin für Arabistik und Islamwissenschaft an der
Universität Münster.

Die Übersetzung aus dem Arabischen wurde unterstützt durch die
Gesellschaft zur Förderung der Literatur aus Afrika, Asien und Latein-
amerika e.V. in Zusammenarbeit mit der Schweizer Kulturstiftung Pro
Helvetia.

Titel der arabischen Originalausgaben s. S. 139
Copyright © 1970, 1994 und 2000 by Sakarija Tamer

Copyright © der deutschen Übersetzung
2004 by Lenos Verlag, Basel
Alle Rechte vorbehalten
Satz und Gestaltung: Lenos Verlag, Basel
Umschlag: Anne Hoffmann Graphic Design, Basel
Bild: Porträt des Timur-Han, Miniatur, Isfahan, 17. Jh.
Printed in Germany
ISBN 3 85787 357 4

Inhalt

Die Hinrichtung des Todes

Harûn al-Raschîd

Als Kalif, als »Herrscher der Gläubigen« ist Harûn al-Raschîd (regierte 786–809) untrennbar mit seiner Hauptstadt Bagdad verbunden. Die Legende hat ihn weit von der tatsächlichen historischen Situation entfernt. Diese Legende zeigt ihn als den guten, den milden Herrscher, der verkleidet aus seinem geheimnisumwobenen Palast schleicht, um sich über das Schicksal der Menschen ein eigenes Bild zu machen. Die historischen Chroniken sehen ihn eher als einen Potentaten, verwickelt in Hofintrigen und eine lange Serie politisch-militärischer Auseinandersetzungen im gesamten Reich.

Dschaafar al-Barmaki und Abu Nuwâs sind in der Überlieferung aufs engste mit Harûn al-Raschîd verbunden. Dschaafar al-Barmaki, einer iranischen Wesirsfamilie entstammend, war Ratgeber des Kalifen, bis dieser ihn im Jahre 803 hinrichten liess. Abu Nuwâs (gestorben zwischen 813 und 815), einer der bekanntesten Dichter der arabischen Literatur, wird nur teilweise zu Recht mit Harûn al-Raschîd in Verbindung gebracht, da er hauptsächlich unter dessen Sohn Amîn am Hofe weilte.

Eine grosse Zahl der Geschichten aus Tausendundeine Nacht *kreist um diese drei Figuren.*

Harûn al-Raschîd hatte zwei Söhne. Deren einer hiess Amîn, der andere Mamûn. Er liebte die Menschen, über die er herrschte, wie er seinen Sohn Mamûn liebte, der noch keine vier Jahre alt war. Und wenn Mamûn Papa sagte, war Harûn al-Raschîd dermassen gerührt, dass er kein Wort mehr herausbrachte.

Eines Tages nun sass Harûn al-Raschîd im Garten seines Palastes und schaute mit Wohlgefallen Mamûn zu, der vergnügt spielte und herumtollte. Auf einmal sah er, wie sein Söhnchen sich auf die Erde setzte und sich dann plötzlich nach hinten neigte, als ob ihn eine starke unsichtbare Hand zurückdrückte und ihn zwang, sich auf den Rücken zu legen.

Harûn al-Raschîd beobachtete den Jungen belustigt, der regungslos auf dem Boden liegen blieb. Er rief ihn, erhielt aber keine Antwort. Da lächelte er und stand auf, entschlossen, sich auf das neue Spiel seines Sohnes einzulassen. Er trat zu ihm, hockte sich neben ihn und stellte fest, dass er die Augen geschlossen hielt und dass sein Gesicht bleich war. Für einen kurzen Augenblick war er beunruhigt. Doch die Sorge machte schnell der Überzeugung Platz, Mamûn habe sich wieder einmal etwas Neues ausgedacht. Er streckte seine Hand aus und schüttelte ihn. Doch Mamûn war wie ein Kleidungsstück ohne Körper. Da schrie er erschrocken auf und verlangte nach den Ärzten.

Sie kamen und untersuchten Mamûn nur kurz. Dann entfernten sie sich schweigend, mit gesenktem Haupt und düsterer Miene. Keiner wagte, den Kalifen anzuschauen.

Dieser starrte lange auf den Leichnam seines Sohnes. Dann ging er mit schweren Schritten in seinen Palast und liess sich auf seinen Thron sinken. Da wehklagte, wer wehklagte, und weinte, wer weinte, und viele traten zu Harûn al-Raschîd und murmelten Worte des Trostes. Doch der Kalif blieb mit finsterem Gesicht sitzen, reglos, ohne ein Wort zu sagen und ohne eine Träne zu vergiessen, bis der kleine Körper unter der Erde verschwunden war. Erst da sprach er wieder und fragte seinen Wesir Dschaafar al-Barmaki, wo sein Oberbefehlshaber sei.

»Hier bin ich, Herr«, antwortete dieser.

Harûn al-Raschîd starrte ihn lange an, als sähe er ihn zum erstenmal. »Wer bist du, und was tust du?« fragte er ihn dann.

»Ich bin Euer Oberbefehlshaber und Euer scharfes Schwert.«

»Und worin besteht deine Aufgabe?«

»Das Land vor dem Feind zu beschützen.«

»Das Land oder die Leute, die darin wohnen?«

»Beides, das Land und seine Bewohner«, antwortete der Oberbefehlshaber mit Bestimmtheit.

»Warum hast du dann meinen Sohn nicht beschützt?« fragte Harûn al-Raschîd ohne ein Zeichen irgendeiner Regung.

Den Oberbefehlshaber überfiel ein unerklärlicher Schreck. Für einige Augenblicke, die wie Jahre schienen, herrschte Schweigen. Dann fuhr Harûn al-Raschîd mit schneidender Stimme fort: »Du bist ganz offensichtlich ein Verräter, der mit dem Feind kollaboriert.«

Der Oberbefehlshaber versuchte, einen Einwand zu formulieren, war dazu aber nicht imstande. Er begnügte sich mit einigen undeutlich hingemurmelten Worten, während

Harûn al-Raschîd fortfuhr. »Ist der Tod meines Sohnes, der nach meinem Hinschied einmal das Land erben sollte, etwa nicht im Interesse des Feindes?« fragte er.

»Gott schenke Eurem Sohn Amîn Wohlsein und ein langes Leben«, bemerkte Dschaafar al-Barmaki.

»Ich rede nicht von Amîn«, brauste Harûn al-Raschîd auf, »ich rede von dem toten Mamûn.« Wütend starrte er seinen Oberbefehlshaber an. »Nein, ich werde nicht deine Hinrichtung oder deine lebenslange Einkerkerung befehlen«, sagte er. »Ich werde dir eine Strafe auferlegen, die für dich, wie ich deinen Charakter kenne, härter ist. Von Stund an bist du deines Amtes enthoben.«

Harûn al-Raschîd betrachtete die Männer, die ihn umgaben – Wesire, Wächter, Soldaten, Zechgenossen, Dichter und andere Gefolgsleute. Ein Mann stand völlig unbeteiligt da. »Tritt näher, Abu Nuwâs.«

Abu Nuwâs trat mit unsicheren Schritten näher.

»Hast du wieder einmal getrunken?« fragte Harûn al-Raschîd.

»Aber nein, ich habe mir bei einer strengen Kälte eine böse Grippe zugezogen, die mir das Gehen erschwert.«

»Eine strenge Kälte mitten im Sommer?« fragte Dschaafar al-Barmaki überrascht.

»Bist du schon einmal einer anderen Tätigkeit als dem Dichten nachgegangen?« wollte Harûn al-Raschîd wissen.

»Die Geschichtsbücher müssten eigentlich des Lobes voll sein über die Schlachten, in denen die Heere dank meiner Führungsqualitäten gesiegt haben. Aber die Geschichtsschreiberlinge ignorieren mich bewusst, weil ich Spottgedichte über sie verfasste.«

11

»Passt dir das Gewand des Oberbefehlshabers wohl, und wirst du darin so ehrfurchtgebietend aussehen, wie es meines Oberbefehlshabers würdig ist?«

Er machte dem Oberbefehlshaber ein Zeichen, sein Gewand abzulegen. Als dieser zögerte, fuhr ihn Harûn al-Raschîd zornig an, worauf er sich eilends des Gewandes entledigte und nur die Unterwäsche anbehielt. Der Kalif hiess Abu Nuwâs, diese Kleidungsstücke anzulegen.

»Ich muss aber von innen ebenso wie von aussen Oberbefehlshaber sein«, nörgelte Abu Nuwâs.

»Was soll das heissen?« fragte Harûn al-Raschîd.

»Wäre es denn vernünftig, das Obergewand eines Oberbefehlshabers über der Unterwäsche eines Dichters zu tragen? Es wäre dann nicht meine Schuld, wenn ich unpassend aussähe.«

Da hiess Harûn al-Raschîd den Ex-Oberbefehlshaber, auch seine Unterwäsche herzugeben. Seine Stimme war von einer Strenge, die keinen Widerspruch duldete. Als der Abgesetzte entblösst und mit gesenktem Haupt dastand, befahl ihm Harûn al-Raschîd, nachhause zu gehen und dort zu bleiben, bis man ihn auf der Bahre hinaustrage.

Abu Nuwâs legte das Oberbefehlshabergewand an, pflanzte sich aufrecht und stramm vor Harûn al-Raschîd auf und fragte stolz: »Nun, wie findet Ihr mich, Herr?«

Der Kalif musterte ihn ein Weilchen. Er sah einen neuen, achtunggebietenden Mann vor sich. Er nickte zufrieden und beifällig. »Hiermit bist du zu meinem Oberbefehlshaber ernannt«, erklärte er.

»Aber das Aussehen allein, Herr, reicht nicht für Siege im Schlachtgetümmel«, warf Dschaafar al-Barmaki ein.

»Da hast du vollkommen recht. Darum werde ich dir, Abu Nuwâs, sieben Tage Zeit geben, um einen Plan zu entwickeln, der meine Truppen zur schlagkräftigsten Armee auf der Welt macht, die nie mehr eine Niederlage erleidet.«

»Ich benötige keinerlei Frist«, erklärte Abu Nuwâs. »Der verlangte Plan ist schon jetzt zur Vorlage bereit und erfordert nur noch Eure Zustimmung, Herr.«

Dschaafar al-Barmaki lächelte verächtlich, während Harûn al-Raschîd interessiert fragte, wie denn der Plan aussehe.

»Mein Plan umfasst eine Anzahl Vorschläge. Deren erster sieht vor, eine Einheit von hübschen, jungen und grazilen Tänzerinnen zusammenzustellen und diese ins Heer einzugliedern.«

»Was sagst du da?« fragte Harûn al-Raschîd befremdet. »Tänzerinnen im Heer?«

»Ich gebe zu, dass dieser Vorschlag auf den ersten Blick etwas unkonventionell erscheinen mag. Aber bei genauerer Betrachtung werden seine Vorteile deutlich.«

»Seine Vorteile sind gewiss unzählig«, spöttelte Dschaafar al-Barmaki.

»Selbstverständlich wird die Anwesenheit von Tänzerinnen unter den Soldaten Fröhlichkeit verbreiten und ihre Moral erhöhen. Und mit erhöhter Moral werden sie kühn und tapfer kämpfen. Ausserdem wird die Einheit der Tänzerinnen in jeder Schlacht ein Element der Überraschung darstellen. Stellt Euch vor, Herr, das feindliche Heer ist bereit loszuschlagen. Trompeten werden geblasen, Trommeln geschlagen. Die Schlacht kann beginnen. Nun

13

zieht in der Vorhut die Einheit der Tänzerinnen in voller Aktion mit. Was wird geschehen? Die feindlichen Soldaten geraten ganz sicher in Verwirrung. Sie werden verblüfft und ungläubig die Tänzerinnen anstarren und nicht wissen, was tun. Diese Situation wird unser Heer ausnützen. Wie ein Mann wird es die in Unordnung geratenen Reihen des Feindes attackieren und unangefochten einen leichten Sieg erringen.«

»Dein Vorschlag ist wahrhaftig etwas unkonventionell«, bemerkte Harûn al-Raschîd.

»Ich habe noch viele, viele andere Vorschläge«, erklärte Abu Nuwâs voller Eifer.

»Also los, lass hören!«

»Wir sollten auch Hühnereinheiten zusammenstellen.«

»Willst du auch Hühner in den Reihen des Heeres kämpfen lassen?« wollte Dschaafar al-Barmaki wissen.

»Nein, nein, die Aufgabe der Hühner wird dieselbe sein, die sie auch sonst haben, nämlich Eier zu legen.«

»Und welchen Nutzen hat das Heer von den Eiern? Wird man sich ihrer als Nahrung zur physischen Kräftigung der Soldaten bedienen?«

»Nein, man wird sich ihrer als Waffe bedienen. Stellt Euch einen Soldaten im feindlichen Heer vor, Herr, den ein Ei ins Gesicht trifft. Was wird er tun? Er wird ganz sicher angewidert fortrennen, um sich das Gesicht zu waschen. So wird dem Heer ein Soldat fehlen. Und wenn unzählige Eier mit dieser Wirkung auf das feindliche Heer niederregnen, so werden sie zu einer Wunderwaffe, die in den gegnerischen Reihen, weil unerwartet, Chaos schafft.«

»Hast du noch weitere Vorschläge?« fragte Harûn al-Raschîd.

»Mein wichtigster Vorschlag ist, die Toten für das Heer zu rekrutieren, statt sie in ihren Gräbern liegen zu lassen, wo sie keiner nützlichen Aufgabe für ihr Land nachgehen. Sie werden eine unsichtbare Kampftruppe bilden, mit einer eminent wichtigen Rolle in der Schlacht, wird doch der Feind einen Gegner zu bekämpfen haben, den er nicht sieht und der nicht stirbt, weil er ja schon tot ist. Auch Eure Schatzkammer wird diese Truppe kaum belasten, weil ihre Mitglieder weder essen noch sich kleiden müssen. Wir können uns darauf beschränken, ihnen hin und wieder eine symbolische Belohnung zu gewähren. Ich werde es mir selbst angelegen sein lassen, diese zu verteilen und ihnen dergestalt Anerkennung zu zollen.«

»Du musst sofort mit der Umsetzung deiner Vorschläge beginnen. Ich möchte, dass mein Heer instand gesetzt wird, die gesamte Welt zu erobern.«

»Und Ihr werdet Herrscher über die gesamte Welt sein, Herr.«

Harûn al-Raschîd wurde nachdenklich und fragte bedrückt: »Und der Tod, der meinen Sohn dahingerafft hat? Wird er ungestraft davonkommen? Wer wird mir meinen Sohn ins Leben zurückbringen?«

»Jedem seine Aufgabe, Herr« erklärte Abu Nuwâs. »Meine Aufgabe als Oberbefehlshaber ist es, den Tod überall zu verfolgen, um ihn festzunehmen und ihn seiner Bestrafung zuzuführen.«

»Ich gebe dir sechs Tage Zeit, mir den Tod vorzuführen, damit ich ihn bestrafen kann, wie er es verdient.«

»Da befehlt nur gleich dem Henker, mir den Kopf abzu-
schlagen, Herr.«

»Warum denn das?«

»Weil ich, wonach Ihr verlangt, nur in sechs Tagen und
zwei Stunden erfüllen kann.«

»Also verlängere ich die Frist auf sechs Tage und drei
Stunden.«

»Das ist eine Grosszügigkeit, wie ich sie mir nicht zu
erträumen gewagt hätte«, rief Abu Nuwâs mit freudvoller
Stimme. »Ihr habt mir eine Stunde mehr gewährt, als ich
benötige, und habt so bewiesen, dass Ihr die gewaltigen
Aufgaben richtig einzuschätzen wisst.«

»Wer wird mir meinen Sohn ins Leben zurückbringen?«

Abu Nuwâs zeigte auf Dschaafar al-Barmaki. »Diese
Aufgabe fällt ihm zu. Er hat immer über mich gespottet
und mir vorgeworfen, ich vergeudete und verschwendete
Eure Zeit. Nun ist der Augenblick gekommen, da er durch
Taten und nicht durch Worte seine Loyalität Euch gegen-
über beweisen kann.«

»Hast du nicht zugehört?« fragte Harûn al-Raschîd
Dschaafar al-Barmaki. »Warum reagierst du nicht?«

»Herr«, hub Dschaafar al-Barmaki an, »was ich gehört
habe, ist nichts als das Geschwätz eines ruchlosen Dichter-
clowns.«

»Vergiss nicht«, unterbrach Harûn al-Raschîd ihn scharf,
»dass ich ihn zu meinem Oberbefehlshaber ernannt habe,
oder hast du meinen Befehl nicht gehört? Die Äusserung
ist nicht das Geschwätz eines Clowns, sondern es sind die
Worte meines Oberbefehlshabers.«

»Was also wird von mir verlangt?«

»Du versuchst zu ignorieren, was von dir verlangt ist, aber das wird dich nicht von deiner Aufgabe dispensieren, meinen Sohn ins Leben zurückzubringen.«

»Herr«, flehte Dschaafar al-Barmaki erschreckt, »habt Ihr je gehört, dass ein Toter ins Leben zurückgekehrt ist?«

»Du willst mich wohl einer Prüfung darüber unterziehen, was ich gehört und was ich nicht gehört habe«, entgegnete Harûn al-Raschîd wütend. »Hast du vergessen, wer ich bin? Ich bin nicht irgendein Schuljunge, und ich will, dass mein Sohn wieder lebendig wird.«

»Das ist ein Befehl, den kein Mensch auszuführen vermag.«

»Gestattet Ihr, dass ich etwas dazu sage, Herr?« bat Abu Nuwâs.

»Sprich, wenn es dazu beiträgt, meinen Sohn ins Leben zurückkehren zu lassen.«

»Dass Euer Wesir seine Unfähigkeit eingesteht, ist ganz normal, denn er ist ja lebendig. Erst wenn er stirbt, wird es ihm vergönnt sein, Euren Sohn zu treffen und den Weg zu erfahren, auf welchem dieser ins Leben zurückkehren kann.«

»Du hast vollkommen recht, aber um den Erfolg bei diesem Vorgehen zu garantieren, müssen wir meine besten Männer auswählen.«

Er dachte eine Weile nach und sagte dann zu seinen Wesiren: »Ihr seid zweifellos meine besten Männer. Ihr werdet eine Delegation bilden, die meinen Sohn aufsucht, um zu erfahren, auf welche Weise er ins Leben zurückgebracht werden kann. Dieser Dschaafar al-Barmaki hier wird euch aber nicht begleiten, denn er ist offensichtlich mir gegenüber nicht loyal und könnte Dinge tun, die euer Vorhaben vereiteln. Er soll nicht sterben wie ihr, sondern hier bleiben und sich um die Pferde kümmern.«

Die Wesire tauschten erstaunte und entsetzte Blicke, jedoch nicht lange, denn Harûn al-Raschîd erteilte seinem Henker Befehl, und die Köpfe rollten auf die Erde. Danach wandte er sich an Dschaafar al-Barmaki: »Du kannst jetzt gehen und dich deiner neuen Arbeit widmen. Du wirst meine Pferde lehren, nicht mehr mit dem Schweif zu wedeln, damit sie sich von anderen Pferden unterscheiden.«

Zum Zeichen unterwürfigen Gehorsams senkte Dschaafar al-Barmaki das Haupt und eilte hinaus.

In dieser Nacht schlief Harûn al-Raschîd tief. Im Schlaf sah er seinen kleinen Sohn auf einer mit grünem Gras bedeckten Ebene. Er lachte und tollte herum. Dann sah er seine Wesire näherkommen, ohne Kopf. Sie nahmen ihn auf und gingen gemessenen Schrittes, weswegen er ihnen barsch zurief, sie sollten sich beeilen, er sehne sich nach seinem Sohn, nach seinem Lachen, nach seiner Stimme, seinen Händchen, die ihm ins Gesicht griffen und mit seinem Bart spielten. Doch die Wesire nahmen keine Notiz von seinem Rufen, sondern marschierten im selben Tempo weiter. Da packte ihn die Wut. Er erwachte und stellte fest, dass er sich in seinem Bett befand. Er liess Abu Nuwâs kommen und erzählte ihm von seinem Traum. »Das sind gemeine Männer«, erklärte Abu Nuwâs, »die ihren Herrn verraten haben. Es ist wohl besser, wenn Ihr nicht mehr auf ihre Rückkehr wartet, Herr.«

»Und was soll ich tun?«

»Wenn der Tod vor Euch steht und Ihr ihn tötet, Herr, werdet Ihr sicher eine gewisse Beruhigung spüren, weil Ihr Euch für den Tod Eures Sohnes rächen konntet.«

»Ich lechze nach diesem Augenblick.«

»Seid getrost, Herr, der Augenblick ist nicht mehr fern. Meine diesbezüglichen Nachforschungen sind von einem Erfolg nach dem anderen gekrönt. In wenigen Tagen werde ich den Aufenthaltsort des Todes in Erfahrung bringen und ihn Euch kleinlaut und erniedrigt vorführen.«

»Vergiss nicht die Frist, die ich dir gesetzt habe«, warnte Harûn al-Raschîd. »Wenn sie verstrichen ist, hast du nichts mehr zu lachen, und dein Schicksal ist besiegelt.«

Abu Nuwâs lächelte selbstsicher und ging, nur um am folgenden Tag freudig bewegt zurückzukehren. Seine Soldaten schleppten einen barfüssigen Mann in zerrissenen Kleidern heran, dem das Blut übers Gesicht lief.

»Das ist Euer Widersacher, Herr.«

»Wer ist das?«

»Das ist der Tod, der Euren Sohn auf dem Gewissen hat.«

»Du bist der Tod?« fragte ihn Harûn al-Raschîd.

»Ich bin ein armer, elender Mann«, brachte dieser mit zitternder Stimme hervor.

»Sag unserem Herrn die Wahrheit«, unterbrach Abu Nuwâs ihn drohend. »Andernfalls werden wir das Verhör fortsetzen.«

»Nein, nein!« rief der Mann entsetzt.

»Also sag, dass du der Tod bist!«

»Hüte dich zu lügen«, warnte Harûn al-Raschîd.

»Ich bin der Tod«, hauchte der Mann.

»Und warum hast du meinen Sohn getötet? Warum hattest du kein Erbarmen mit seinem zarten Alter?«

Als der Mann verstört schwieg, forderte Abu Nuwâs ihn auf, zu wiederholen, was er schon während des Verhörs erklärt habe.

»Was habe ich gesagt?«

»Du hast gesagt, du arbeitetest für die Feinde unseres Herrn und hättest deren Wunsch erfüllt, Mamûn zu beseitigen.«

»Das ist es, was ich tatsächlich getan habe.«

Abu Nuwâs blickte triumphierend zu Harûn al-Raschîd. »Nun habt Ihr mit eigenen Ohren sein Geständnis gehört, Herr.«

Harûn al-Raschîd betrachtete den Mann aufmerksam, während Abu Nuwâs drängte: »Worauf wartet Ihr noch, Herr?«

»Ich überlege mir die quälendste Todesart für ihn.«

»Verbrennt ihn bei lebendigem Leib!«

Da befahl Harûn al-Raschîd, den Mann bei lebendigem Leib zu verbrennen, was umgehend geschah. Der Tod wurde zu Asche.

Einige Tage später sagte Harûn al-Raschîd traurig zu Abu Nuwâs: »Ich wünsche mir immer noch, dass mein Sohn ins Leben zurückkehrt.«

»Ich habe eine Tochter«, erwiderte Abu Nuwâs, »die ist das klügste Geschöpf auf Erden, stellt sich aber verrückt. Wenn Ihr sie fragtet, könnte sie Euch vielleicht einen Weg weisen, um an Euer Ziel zu gelangen.«

Harûn al-Raschîd liess sie sogleich holen. Als Abu Nuwâs' Tochter vor ihm erschien, bat er sie um ihre Hilfe, und nach kurzem Nachdenken erklärte sie: »Dein Sohn wird nicht ins Leben zurückkehren, wie er war, möglicherweise aber in anderer Form. Streue auf sein Grab verschiedene Samen, und was dann dort wächst, ist dein zum Leben zurückgekehrter Sohn.«

Der Kalif befolgte ihren Rat, und auf dem Grab wuchs ein Orangenbaum mit grünen Blättern. Da verlor sich Harûn al-Raschîds Trauer. Er verbrachte seine meiste Zeit neben dem Baum, und wenn eine Brise die Äste bewegte, hörte er, nur er, eine Stimme, die Papa sagte.

Eines Tages nun gelangte ihm zu Ohren, dass der Tod weiterhin täglich das Leben von Menschen forderte, über die er herrschte. Das verwunderte ihn, aber Abu Nuwâs hatte eine Erklärung: »Wir haben nur den Grossvater Tod beseitigt, aber nicht seine Söhne und seine Enkel erledigt. Und diese sind zahlreich.«

»Hiermit befehle ich dir, keinen einzigen von ihnen am Leben zu lassen.«

»Sie sind über die gesamte Erde verstreut. Aber meine Informationen über sie sind genau und zuverlässig. Man wird ihre Schlupfwinkel entdecken und sie finden.«

»Worauf also wartest du?«

»Ich werde sie vernichten, wo immer sie sind.«

Und so zogen seine Truppen los, angeführt von den Tänzerinnen, dahinter Einheiten, bewaffnet mit Eiern, andere bestehend aus den Toten. Sie besetzten die gesamte Erde und verfolgten die Söhne und die Enkel des Todes gemäss den Anweisungen des Abu Nuwâs. Sie führten einen wahren Vernichtungskrieg gegen sie. Dieser endete abrupt, als Abu Nuwâs starb und Harûn al-Raschîd führerlos und wieder von Trauer übermannt zurückblieb. Doch wurde ihm eine kleine Freude zuteil, als er erfuhr, Dschaafar al-Barmaki habe erfolgreich den Pferden abgewöhnt, mit dem Schweif zu wedeln.

Jahre später starb Harûn al-Raschîd. Da streifte der Orangenbaum Bast und Blätter ab, und ihm entstieg Mamûn und eilte zum Palast, wo er sich auf den Thron setzte. Das Volk freute sich, und ebenso freuten sich die Pferde und nahmen ihre alte Gewohnheit wieder auf, unablässig mit dem Schweif zu wedeln.

Die Prophezeiung des Kafûr al-Ichschîdi

Kafûr al-Ichschîdi

Als schwarzer Eunuchensklave, der jahrzehntelang die Geschicke Ägyptens in Händen hielt, ist Kafûr al-Ichschîdi (gestorben 968) ein richtiger Emporkömmling. Leistung, Disziplin und Patronage ermöglichten ihm eine bemerkenswerte Karriere während der politisch-militärischen Entwicklungen in der islamischen Welt im 10. Jahrhundert, wozu besonders die Aufsplitterung des islamischen Reiches von Bagdad und die Entstehung lokaler und regionaler Machtzentren zwischen der nordwestafrikanischen Küste und dem Indus-Tal gehören.

Vielleicht aus Nubien stammend, wurde Kafûr vom Gründer der Ichschidîden-Dynastie im Niltal erst erworben, dann gefördert und schliesslich sogar zum Erzieher seiner beiden Söhne eingesetzt. Während deren Regierungszeit blieb er im Hintergrund wirksam. Erst in seinen beiden letzten Lebensjahren hatte er auch die Symbole der Macht inne.

Seine Begegnung mit Abu l-Tajjib al-Mutanabbi (915–965), einem der bekanntesten Dichter der arabischen Literatur, ist historisch, ebenso die Tatsache, dass aus dieser Begegnung sowohl Lob- als auch Spottgedichte entstanden sind.

»Vor drei Tagen hat ein Fremdling namens al-Mutanabbi unser Land betreten«, rief al-Ichschîdi seinen Höflingen zu. »Ich befehle euch, ihn umgehend, tot oder lebendig, herbeizuschaffen.«

Zu dieser Zeit schlenderte al-Mutanabbi durch die Strassen von Kairo, bedächtigen Schritts von einer in die nächste, und jede erschien ihm wie eine geheimnisvolle neue Welt, durchaus imstande, Freude zu schenken, die Sand in grünes Gras verwandelt.

Als er den Nil erblickte, erreichte sein Entzücken den Höhepunkt. Er hielt inne und betrachtete das strömende Wasser wie ein Kind, das zum erstenmal das Meer sieht.

»Fliehe!« rief der Fluss ihm zu. »Vor dem zu fliehen, was dich erwartet, bedeutet Kühnheit, Mut und Heldentum.«

al-Mutanabbi hörte nicht auf die Worte des Flusses. Aber ihm kamen viele Wörter in den Sinn, die darum wetteiferten, einen Fluss zu beschreiben, eine Frau und einen gerechten König.

»Fliehe! Fliehe! Fliehe!« rief der Nil ihm zu.

Doch al-Mutanabbi kannte die Sprache der Flüsse nicht. Und die Wörter drängten weiter danach, einen gewaltigen Fluss zu beschreiben, eine schöne Frau und einen milden, gnädigen Herrscher. Plötzlich jedoch lösten sie sich in Nichts auf. Eine Anzahl kräftiger Männer mit brutalen Gesichtern und ebensolchen Händen stürzte sich auf al-Mutanabbi und schleppte ihn, ohne sich um seine Fragen und seinen Protest zu kümmern, in den Palast, wo Kafûr al-Ichschîdi ihn erwartete.

»Nach mir vorliegenden Informationen bist du kein Ägypter«, begann al-Ichschîdi.

»Dass ich in Kufa geboren und als Besucher nach Ägypten gekommen bin, rechtfertigt das meine Festnahme und diese höchst unwürdige Behandlung?«

»Nicht vorlaut werden! Du sprichst nur, wenn du dazu aufgefordert wirst.«

»Ich höre und gehorche«, entgegnete al-Mutanabbi spöttisch.

»Schweig! Habe ich dir nicht befohlen, den Mund zu halten?«

»Ich werde nichts mehr sagen.«

»Zu reden oder zu schweigen steht dir nur zu, wenn ich dich dazu auffordere. Also, wie heisst du?«

»al-Mutanabbi, Abu l-Tajjib al-Mutanabbi.«

»Welcher beruflichen Tätigkeit gehst du nach?«

»Ich habe keinen anderen Beruf als das Schreiben. Ich bin Dichter.«

»Keine Schlaumeiereien. Auch der Poet geht einem Beruf nach wie der Schmied, der Schreiner, der Maler oder der Totengräber. Du behauptest also, ein Dichter zu sein. Hast du von irgendwelchen einschlägigen Autoritäten eine Bewilligung?«

»Verlangt die Wolke eine Bewilligung, wenn sie Regen fallenlassen will?«

»Ich rede von Gesetz und Ordnung, also komm mir nicht mit so töricht-blumigem Gefasel, das gerade einmal für pubertierende Mädchen angemessen ist. Du bist hier nicht in der Wüste. Du bist in einem Land, in dem Ordnung herrscht und in dem jeder, der eine Tätigkeit ausüben will, eine amtliche Bewilligung einholen muss. Du hast gegen die Gesetze verstossen, indem du ohne eine solche Gedichte verfasst hast.«

26

»Ich bin erst vor drei Tagen nach Ägypten gekommen«, rechtfertigte sich al-Mutanabbi, »und habe bisher noch kein einziges Gedicht verfasst, habe also auch gegen kein einziges Gesetz dieses Landes verstossen.«

»Du behauptest, ein Dichter zu sein. Wie kannst du beweisen, dass das der Wahrheit entspricht?«

»Meine Gedichte sind überall in arabischen Landen berühmt. Es gibt niemanden, dem sie nicht bekannt wären.«

»Nun wirst du schon wieder vorlaut. Wagst du es, mir Ignoranz vorzuwerfen?«

»Ich wollte damit nur sagen, dass mein Ruf als Dichter sich weithin erstreckt und dass ich viele Gedichte verfasst habe.«

»Wurden deine Gedichte von berühmten Sängern oder Sängerinnen gesungen? Von Umm Kulthûm zum Beispiel, La Bulbula, Warda al-Dschasaïrîja, Achmad Adawîja, Muharram Fuâd, Schâdija oder Abdalhalîm Hâfes? Warum sagst du nichts? Warum antwortest du nicht? Du bist ganz rot angelaufen. Du schämst dich wohl über die Entlarvung deines Lügenmärchens? Ich werde dir Gelegenheit geben, dich als Dichter zu erweisen. Lass mich etwas von deiner Poesie hören.«

Da rezitierte al-Mutanabbi Folgendes:

O Gerecht'ster der Menschen, ausser im Umgang mit mir,
da bist du Richter und Gegner, der Zwist liegt in dir.
Meine Zuflucht sind Blicke, die aussendest du,
der niemalen annimmt ein X für ein U.
Was nützet der Blick auf die Welt, wem gebricht
zu sehn, wann ist dunkel die Welt und wann licht.

Ich bin's, dessen Werk auch der Blinde betrachtet.
Und des Wort auch lauscht, wes Gehör umnachtet.

»Was ich da gehört habe, ist nicht übel. Verstehst du dich auch auf das Verfassen von Lobgedichten?«

»Ich habe schon so manchen König und so manchen Fürsten in meinen Gedichten gepriesen. Ich mache das nicht schlecht, wenn der Gegenstand des Lobes es verdient.«

»In diesem Fall wirst du ein Lobgedicht auf mich verfassen. Du weilst jetzt in Ägypten, dessen Herrscher ich bin. Wenn du also kein Agent der Feinde Ägyptens bist und dieses Land liebst, ist es deine Pflicht, seinen Herrscher zu preisen.«

»Aber ich habe in meinem Leben bisher immer nur Männer bedichtet, die ich kannte, über deren Tun und Lassen ich Bescheid wusste«, wandte al-Mutanabbi ein.

»Willst du behaupten, mich nicht zu kennen? Hier sitze ich vor dir, und du hast mich kennengelernt.«

»Aber ich kenne Euch noch nicht hinlänglich, um ein Gedicht zu Eurem Lob zu verfassen.«

Da lächelte Kafûr al-Ichschîdi und gab seinen Höflingen einen Wink. Die Männer stürzten sich auf al-Mutanabbi, warfen ihn zu Boden und legten seine Füsse in den Stock. Dann schlugen ihm einige mit dem Knüppel auf die Fusssohlen, während andere ihm Kopf und Körper mit Tritten traktierten.

al-Mutanabbi litt sehr und hätte gern vor Schmerzen geschrien, aber er beherrschte sich. Doch alsbald liess ihn der Schmerz zetern und schreien.

»Was für eine schöne Stimme!« bemerkte Kafûr al-Ichschîdi hämisch. »Du bist ja gar kein Dichter. Du müsstest eigentlich ein Sänger sein. Bei Gott! Was für eine schöne Stimme! Weiter, sing weiter!«

Als al-Mutanabbis Schreien sich in klägliches Gewinsel verwandelte, gebot al-Ichschîdi seinen Höflingen Einhalt und erklärte dem Dichter, der gesenkten Hauptes, das Gesicht blut- und tränennass, vor ihm stand: »Du wirst ein langes Gedicht zu meinem Lob verfassen.«

»Ich werde tun, wie Ihr befehlt.«

»Ich gebe dir eine Frist von sieben Tagen. Wenn mir das Ergebnis gefällt, hast du deinen Hals gerettet.«

Als al-Mutanabbi Anstalten traf zu gehen, rief ihm Kafûr al-Ichschîdi hinterher, er solle ja nicht annehmen, er, Kafûr, sei wie andere Herrscher. »Falls mir dein Gedicht gefällt, träume ja nicht davon, auch nur einen einzigen Dirham von mir zu erhalten.«

Vier Tage später kam al-Mutanabbi zu Kafûr al-Ichschîdi zurück und trug ihm das Gedicht vor, das er zu seinem Lob verfasst hatte. Kafûr war entzückt und berauscht. »Du bist wahrlich ein Dichter«, rief er. Dann, nach einigen Augenblicken des Nachdenkens, sagte er: »Ich mache dir ein noch nie dagewesenes Angebot. Du kannst wählen, ob du lieber zu Tode geprügelt wirst oder tausend Dinare erhältst.«

»Niemand würde sich lieber prügeln als mit tausend Dinaren belohnen lassen«, erklärte al-Mutanabbi.

»Ich werde dir tausend Dinare geben, wenn du ein Gedicht verfasst, in dem du mich aufs übelste schmähst.«

Er unterbrach al-Mutanabbis Versuch, etwas einzuwenden: »Schweig, und sage nichts! Wenn du die Aufgabe nicht erfüllst, wirst du zu Tode geprügelt, wenn du sie erfüllst, erhältst du die tausend Dinare.«

Da versprach al-Mutanabbi, ein Schmähgedicht auf ihn zu schreiben, und er hielt Wort. Er verfasste ein Schmähgedicht auf Kafûr al-Ichschîdi und bekam dafür tausend Dinare.

Kaum war al-Mutanabbi hinausgegangen, da riefen Kafûr al-Ichschîdis Höflinge befremdet und missbilligend durcheinander. Doch er sagte streng: »Ihr werdet immer töricht und ignorant im Umgang mit den Menschen und dem Leben bleiben. Ich will euch erklären, was ich getan habe und warum. al-Mutanabbi ist ein stolzer, ja, anmassender Dichter, völlig von sich eingenommen. Er muss bestraft werden, besonders, weil er in Zukunft als einer der ewigen Dichter gelten wird. Ich habe ihm die schlimmstmögliche Strafe zugefügt, indem ich ihn gezwungen habe, mich erst zu preisen, dann zu schmähen. In künftigen Zeiten wird ihm das zur Schande gereichen und beweisen, dass er doch nur ein kleiner käuflicher Poet war, der keinerlei Respekt verdient.«

Nicht lange darauf wurde al-Mutanabbi ermordet, und Kafûr al-Ichschîdi starb. Doch was Kafûr prophezeit hatte, trat ein, und al-Mutanabbi erhielt, lebend wie tot, die schlimmste Strafe.

Schahrijâr und Schahrasâd

Schahrijâr und Schahrasâd

Als Erzählerin der Geschichten aus Tausendundeine Nacht *ist Schahrasâd (oft Scheherezade geschrieben) in die Weltliteratur eingegangen. Die kluge Frau, die gegen den Tod erzählt.*

Weniger bekannt ist König Schahrijâr, der Mann, der für sie die Todesgefahr verkörpert. Weil er von seiner ersten Ehefrau betrogen wurde, nimmt er sich allnächtlich eine Jungfrau, die er am folgenden Morgen töten lässt, damit sie ihm nicht untreu werden kann.

Schahrasâd nun findet, in der Rahmenerzählung indischen Ursprungs, einen Weg aus der Gefahr: Sie erzählt Geschichten und unterbricht diese jeweils an spannender Stelle, damit der König, der über Neugier nicht erhaben ist, sie in der folgenden Nacht weitererzählen lässt. Das tut sie fast drei Jahre lang (sie bringt unterdessen drei Söhne zur Welt) und heilt so den König von seiner Rachsucht und seiner Wahnidee.

31

Die Fälschung

In der tausendundersten Nacht fragte Königin Schahrasâd ihren Gemahl Schahrijâr: »Warum so schweigsam heute abend? Warum unterhältst du mich nicht wie sonst mit Geschichten, die mich die Sorgen der Herrschaft vergessen lassen und die abscheuliche, bittere Tatsache, dass die Männer ihren Frauen nicht treu sind?«

»Ich habe dir alle Geschichten erzählt, die ich kenne«, erwiderte Schahrijâr verdriesslich. »Jetzt muss ich erst einmal ausruhen. Ich bin erschöpft bis zum Umfallen. Und ich glaube, nach tausend Nächten Arbeit habe ich etwas Erholung verdient.«

»Hör mal gut zu!« Schahrasâds Stimme klang zornig und drohend. »Wenn du mir jetzt nicht eine deiner boshaften, aufregenden und spannenden Geschichten erzählst, lasse ich dir den Kopf abschlagen und mache mit dir, was ich schon mit meinen früheren Ehemännern gemacht habe.«

»Kein Grund zu zögern. Gib nur sogleich Befehl, mich zu köpfen. Ich werde dir dankbar sein, wenn du es rasch hinter dich bringst.«

Wenige Augenblicke später wurde Schahrijârs Wunsch erfüllt, und zwar sauber und korrekt.

In den folgenden Tagen liess Königin Schahrasâd zahlreiche verlässliche Literaten kommen und befahl ihnen, die *Geschichten von Tausendundeiner Nacht* niederzuschreiben und die nötigen Anpassungen vorzunehmen. Es geschah, wie gewünscht, und Schahrijâr wurde für alle Zeiten zum Frauenfeind.

Die letzte Nacht

Der Schuhputzer Schahrijâr heiratete Schahrasâd, die Tochter seines Freundes, des Schuhmachers.

In der ersten Nacht sagte Schahrasâd zu ihrem frischgebackenen Ehemann: »Künftig einmal wird man behaupten, du wärst ein König und ich wäre eine Königin gewesen. Ausserdem wird man behaupten, ich hätte meinen Hals vor deinem Schwert gerettet, indem ich dir tausendundeine Nacht lang spannende Geschichten erzählt hätte. Was hieltest du davon, wenn ich dir solche Geschichten erzählte?«

Schahrijâr, den Blick unverwandt auf den Fernseher gerichtet, meinte: »Das verschieben wir besser auf einen anderen Tag. Gleich bringt das Fernsehen die Direktübertragung eines Fussballspiels.«

»Dann fang ich morgen damit an, dir die Geschichten zu erzählen.«

»Morgen kommt die schrecklich traurige, aufregende Soapserie von dem Mann, der eine Frau liebt und heiraten will, dann aber ganz zufällig entdeckt, dass sie seine Schwester ist.«

»Dann also übermorgen?«

»Nein, übermorgen muss ich mir den Film *Superman* ansehen, den das Fernsehen zum erstenmal ausstrahlt.«

»Warum hast du mich eigentlich geheiratet«, zischte Schahrasâd, »wenn du doch nur das Fernsehen liebst?«

»Du solltest Gott Tag und Nacht danken, dass ich meine Zustimmung gegeben habe, dich zu heiraten, und deinem Vater den Brautpreis gezahlt habe, den er verlangte.«

»Hör mal«, sagte Schahrasâd warnend, »ich war keine Bettlerin auf der Strasse, als du mich geheiratet hast. Ich habe wie eine Königin im Haus meines Vaters gelebt.«

»Ich hör wohl nicht recht?« rief Schahrijâr spöttisch. »Du sprichst von Königin! Du hast wohl vergessen, dass dein Vater ein einfacher Schuhmacher ist?«

»Willst du mir meinen Vater vorhalten? Ohne meinen Vater und seinesgleichen wärst du längst verhungert, weil du keine Schuhe zum Putzen gefunden hättest.«

»Schweig!« rief Schahrijâr zornig. »Die Fussballübertragung hat begonnen. Wenn du nur ein einziges Wort sagst, bring ich dich um und lass dich spurlos verschwinden.«

Da schwieg Schahrasâd angstvoll und sagte künftig kein Wort mehr – wie jeder Araber und jede Araberin.

Der Tag, an dem Dschingis Chan erzürnte

Dschingis Chan

Als Spross der mongolischen Stammesaristokratie wurde Dschingis Chan (1167–1227) zum Begründer eines der Riesenreiche der Weltgeschichte, das zur Zeit seiner grössten Ausdehnung von der Mandschurei bis nach Schlesien, von der Wolga bis an den Indischen Ozean reichte.

Nach langwierigen Auseinandersetzungen mit Clanoberhäuptern und Stammesfürsten wurde Dschingis Chan im Jahre 1206 zum Herrscher über alle Mongolen ernannt. Danach begannen die Eroberungen, die die mongolischen Heere zunächst nach Süden, nach China, dann nach Westen, in den islamischen Raum, führten. Dschingis Chans Krieger, zum Teil unter dem Kommando seiner vier Söhne, überzogen zwischen 1219 und 1221 die Region zwischen Aral-See, Indus und Kaukasus mit Krieg und Verwüstung. Nicht einmal Katzen und Hunde habe man verschont, berichtet eine Quelle.

Fortgesetzt wurde dieses Werk mongolischer Expansion nach Westen drei Jahrzehnte später durch Dschingis Chans Enkel Hülägü.

Dschingis Chan war ein Mann von Blut und Feuer. Wenn er irgendwann einmal Missmut verspürte, rief er sich die Städte in Erinnerung, die er in Schutt und Asche gelegt, all die Männer, Frauen und Kinder, Bücher, Vögel, Katzen und Bäume, die er vernichtet hatte. Dann verflog sein Missmut, und an seine Stelle trat ein Glücksgefühl, prächtiger als ein einzelner Stern, der des Nachts über der Wüste funkelt.

Doch eines Tages wurde Dschingis Chan von einem solchen Missmut heimgesucht, dass er keinen Weg fand, sich daraus zu befreien. Er wurde unsagbar übellaunig und wusste nicht mehr ein noch aus. Darum sah er sich veranlasst, bei einem seiner Wesire, einem Mann, der für seine Weisheit und seine trefflichen Ansichten bekannt war, Rat zu suchen.

Der Wesir legte seine Stirn in Falten und bat Dschingis Chan untertänigst, ihm einige Tage Zeit zu gewähren, damit er das Problem überdenken und ein wirksames Heilmittel finden könne.

»Du redest wie ein Arzt«, brauste Dschingis Chan auf. »Ich will eine Antwort, hier und jetzt, andernfalls werde ich meinen Dienern befehlen, dir bei lebendigem Leibe die Haut abzuziehen, so dass du zuschauen kannst.«

»Es besteht kein Anlass zu Zorn. Was immer Ihr wünscht, wird ohne Aufschub erfüllt werden. Meine Antwort wird …«

»Los, rede, und sag deine Antwort«, unterbrach ihn Dschingis Chan, »ohne Ausflüchte und Zeitschinderei. Ich will einen Weg wissen, wie ich des unerträglichen Missmuts, den ich verspüre, Herr werden kann.«

»Möglicherweise liegt der Grund für Euren Missmut darin, dass Ihr schon allzulange in einem Palast verweilt, in dem alles reichlich vorhanden ist, was Euer Herz begehrt. Daher könnte eine Veränderung Euch zweifellos aus dem Missmut retten.«

Dschingis Chan dachte lange nach. Dann beschloss er zu tun, wie sein Wesir ihm geraten hatte. Er hüllte sich in armer Leute Kleider, verliess allein, ohne Wache und ohne Begleitung, seinen Palast und streifte durch die Gassen der Stadt, bis seine Füsse ermüdet und seine Kräfte versiegt waren. Doch sein Missmut war noch immer nicht verschwunden, im Gegenteil, er hatte sich verstärkt. Eine dunkle Wolke bemächtigte sich seiner Arterien, und er war drauf und dran, in den Palast zurückzukehren und seinen Wesir zu bestrafen.

Da bemerkte er einen Mann, der mit einem Stock auf einen Esel eindrosch. Er ging unwillkürlich zu ihm hin, hielt ihm die Hand mit dem Stock fest und rief empört. »Hast du ein Herz aus Stein, dass du deinen Esel dermassen erbarmungslos prügelst?!«

Der Mann starrte Dschingis Chan entgeistert an, ohne ein Wort zu sagen. An seiner Stelle ergriff der Esel das Wort.

»Was erlaubst du dir, dich hier einzumischen! Werde ich verdroschen oder du?« fragte er Dschingis Chan spöttisch.

»Wirklich seltsam«, dachte Dschingis Chan laut, »ein Esel, der spricht.«

»Nicht nur das, ich spreche ausserdem ohne die weitverbreiteten Grammatikfehler, und ich bekämpfe die verschiedenen Dialekte, da ich sie für einen Ausdruck hässlicher regionalistischer Tendenzen halte.«

Dschingis Chans Befremden wuchs.

»Du redest auch noch wie ein Intellektueller.«

»Das bin ich natürlich auch«, erklärte der Esel mit würdevoll erhobenem Haupt.

Dschingis Chan lachte. »Es wäre wohl angemessener, wenn du korrekterweise sagtest, du seist ein intellektueller Esel, wenn du wirklich so begierig darauf bist, die Wahrheit zu sagen.«

»Du irrst. Ich bin gar kein Esel, obwohl ich einer bin.«

»Was ist denn das nun wieder für eine seltsame Behauptung? Willst du mir Rätsel aufgeben, oder verlangst du von mir, dass ich für falsch halte, was ich sehe, und für wahr, was ich höre?«

»Du hast völlig recht, unwirsch zu sein und mir Vorwürfe zu machen. Aber wenn du meine Geschichte erführest, würdest du mir glauben.«

»Also lass mich deine Geschichte hören«, forderte ihn Dschingis Chan, von Neugier geplagt, auf.

»Früher einmal«, hub der Esel an, »war ich ein menschliches Geschöpf, das Zeitungen und Zeitschriften las, Radionachrichten hörte und Fernsehsendungen sah. Doch um aus dieser meiner Bildung persönlichen, materiellen und ideellen Nutzen zu ziehen, war ich gezwungen, auf allen vieren zu gehen. Ich tat das immer länger, in der Hoffnung, möglichst viel Ansehen, Einfluss und Reichtum zu erlangen, doch konnte ich meine Wünsche nicht erfüllen, weil es so viele Kriecher gibt. Schliesslich verwandelte ich mich aus einem Menschen in das, was du hier siehst.«

»Aber deine Ohren, wie sind die so gross geworden?« wollte Dschingis Chan wissen.

41

»Indem ich sie mehr gebrauchte als meine Zunge.«

»Wenn ich in meinen Palast zurückkomme«, rief Dschingis Chan, völlig vergessend, was für Kleider er trug, »werde ich deine Geschichte aufzeichnen lassen, all denen zur Lehre, die eine solche suchen.«

»Du?! Du besitzt einen Palast und siehst aus wie ein Bettler?«

»Ich besitze nicht nur einen Palast. Ich bin Dschingis Chan, der Herr über die Welt. Hast du noch nie von mir gehört?«

»Ich würde deinen Worten niemals Glauben schenken, auch wenn ich alle Bücher auf Erden verschlungen hätte.«

»Und warum nicht?«

»Das ist nicht schwer zu beantworten. Wärest du wirklich Dschingis Chan, würdest du dich nicht um die Niederschrift meiner Geschichte kümmern, sondern sie links liegen lassen. Schliesslich wird bevorzugt, wer sich aufs Kriechen versteht.«

»Deine Antworten entbehren nicht der Klugheit und empfehlen dich für einen Wesirsposten bei mir.«

»Nun bin ich wahrlich überzeugt, dass du Dschingis Chan bist.«

»Und warum das?«

»Weil es nicht weiter überrascht, dass Dschingis Chan einen Menschen, der zum Esel wurde, zum Wesir ernennt.«

Da wurde Dschingis Chan wütend. »Ich werde dir den Kopf abschlagen lassen«, sagte er zu dem Mann mit dem Stock in der Hand, »wenn du diesen frechen Esel nicht weiter verdrischst. Er ist ungezogen und vorlaut.«

Da schlug der Mann, eilfertig und angstvoll, wieder auf den Esel ein, während Dschingis Chan sich zurück in seinen Palast begab. Sein Missmut war verflogen. An seine Stelle war ein wilder Zorn getreten, der die Sonne verschwinden hiess. Sie gehorchte umgehend und ohne zu zögern. Ihr Licht verblasste. Dann befahl er allen Eselbesitzern, sich mit Stöcken und Peitschen zu versehen und diese ohne Unterlass einzusetzen.

Seit jenem Tag leiden die Esel unter einer nicht enden wollenden Tyrannei.

Beirut

Hülägü

Als Enkel Dschingis Chans setzte Hülägü (ca. 1217–1265) dessen Werk Richtung Westen und Südwesten, also in Westasien, fort. Anfang der fünfziger Jahre des 13. Jahrhunderts machte er sich mit einem Heer aus der Mongolei auf und gelangte erobernd und zerstörend schliesslich bis nach Syrien und Palästina. Während sich aus Angst vor seiner Armee viele lokale Herrscher in Persien und im Kaukasusgebiet freiwillig unterwarfen, wurden andere in die Botmässigkeit gezwungen.

Zu letzteren gehörte auch der Abbasidenkalif in Bagdad, dessen Reich, dessen Stadt und dessen Macht längst auf einen Schatten ihrer einstigen Bedeutung (im 9. bis 11. Jahrhundert) reduziert waren. Anfang 1258 wurde Bagdad erobert und die Abbasidendynastie gestürzt. Zwei Jahre später endete Hülägüs militärisches Unternehmen in der Schlacht von Ain Dschâlût, der »Goliathsquelle«, bei Nazareth.

Etwa hundert Jahre lang herrschte in Persien die von Hülägü gegründete Dynastie der Ilchaniden.

Eines Nachts rief Hülägü seinen Wesir und seinen Hofnarren zu sich.

»Ich langweile mich«, erklärte er. »Findet etwas zu meiner Unterhaltung, und bitte nicht schon wieder Gesang und Tanz.«

Der Wesir und der Hofnarr wechselten hasserfüllte Blicke. Sie verabscheuten sich gegenseitig und neideten einander ihre Stellung. Darum versuchte jeder, dem anderen Fallen zu stellen.

»Herr«, begann der Wesir, »die Gefängnisse sind zum Bersten voll mit Gefangenen aus verschiedenen Völkerschaften. Sie verzehren täglich Eure Nahrung und leisten nichts. Es möchte Eure Langeweile vertreiben, wenn Ihr befehltet, sie umzubringen. Gibt es etwas Unterhaltsameres, als sie sterben zu sehen – einige zerhackt, andere gehäutet, einige verbrannt, andere erdrosselt.«

»Ich protestiere«, rief der Hofnarr. »Diese Gefangenen sind die Feinde unseres Herrn Hülägü. Wenn man sie tötet, erlöst man sie vom Kerker. Wer sie umbringt, erfüllt ihnen ihren sehnlichsten Wunsch. Denn für sie ist der Tod die Tortur eines Augenblicks, die sie vor der Tortur vieler Jahre bewahrt.«

»Verdächtigst du mich, für die Feinde meines Herrn zu wirken?« fragte der Wesir den Hofnarren zänkisch.

»Hört auf zu streiten«, befahl Hülägü. »Wenn ihr nicht bald etwas zu meiner Unterhaltung findet, lass ich euch beide bei lebendigem Leibe begraben.«

»In alten Schriften steht geschrieben«, dozierte der Wesir, »nichts sei unterhaltsamer, als wundersamen Geschichten zu lauschen.«

»Ich kenne eine höchst wundersame Geschichte«, schaltete sich der Hofnarr eilfertig ein. »Wenn ich sie Euch erzähle, möchte Eure Langeweile wohl vergehen.«

Der Wesir warf dem Hofnarren einen wütenden Blick zu, doch Hülägü rief: »Wohlan, lass uns deine Geschichte hören!«

»In alten Zeiten«, begann nun der Hofnarr, »bemächtigte sich einmal ein König einer Stadt. Er war ein gerechter König und glaubte, der Mensch sei frei geboren und habe das Recht, frei zu leben. Doch die Bewohner der Stadt verabscheuten ihn und taten nur so, als ob sie sich seinem Willen unterwürfen. Insgeheim aber planten sie, ihn zu ermorden.«

»Was ist denn das für ein Gewäsch!« unterbrach der Wesir. »Das ist doch abstrus, dass die Leute Freiheit und Gerechtigkeit nicht zu schätzen wüssten.«

»Wenn diese Geschichte unserem Herrn Hülägü erzählt wird«, entgegnete der Hofnarr tadelnd, »ist es nur natürlich, dass die Leute Freiheit und Gerechtigkeit verabscheuen.«

»Erzähl deine Geschichte weiter«, befahl Hülägü.

»Die Bewohner der Stadt begannen, sich gegen den König zu verschwören, doch jeder Versuch, ihn loszuwerden, stürzte viele ins Verderben. Verzweiflung kam auf, und die meisten beschlossen, aus der Stadt zu fliehen. Doch sie kannten kein fruchtbares Land, wohin sie hätten gehen und wo sie hätten wohnen können. Da sagte ein weisses Pferd zu ihnen: ›Ich kenne einen Ort, wie ihr ihn sucht.‹«

»Was ist denn das nun wieder für ein Märchen!« unterbrach Hülägü seinen Hofnarren. »Pferde reden doch nicht.«

»Pferde haben früher einmal geredet«, erklärte der Hofnarr, »aber aus Furcht vor unserem Herrn Hülägü haben sie es aufgegeben.«

Hülägü lächelte und sagte: »Erzähl deine Geschichte weiter, die offensichtlich meine Langeweile noch erhöht.«

»Als die Bewohner der Stadt vernahmen, was das Pferd sagte«, fuhr der Hofnarr fort, »freuten sie sich und fragten es, wo denn dieser Ort sei. ›Das weiss ich nicht‹, erwiderte das Pferd, worauf die Bewohner etwas unwirsch wissen wollten, was das nun wieder für ein schwachsinniges Gerede sei. ›Wie kannst du behaupten, du kennst den Ort, und kennst ihn doch nicht?‹ ›Mein Grossvater selig‹, erklärte das weisse Pferd, ›hat mir davon erzählt. Lauf am Morgen, sagte er, wenn die Sonne aufgeht, auf diese zu, immer weiter. Wenn du erschöpft zu Boden stürzt, bist du eindeutig am wunderbarsten Ort angekommen.‹ Nach langer Beratung sagten die Leute zu dem weissen Pferd: ›Lauf morgen früh auf die Sonne zu, wir werden dir folgen.‹ Als am folgenden Morgen die Sonne aufging, lief das Pferd mit all seiner Kraft und all seiner Schnelligkeit auf sie zu, und viele Bewohner der Stadt liefen hinterher, ohne auf Müdigkeit und Erschöpfung zu achten und ohne die Beschwerlichkeit des Weges zu spüren. Erst als sie das weisse Pferd verendend am Boden liegen sahen, hielten sie inne, schauten sich um und stellten fest, dass weder das weisse Pferd noch sein Grossvater gelogen hatten. Das Land, in dem sie angekommen waren, war reich an Wasser und an Bäumen und lag an der Küste des Meeres. Sie beschlossen zu bleiben und bauten eine kleine Stadt – eine Stadt wie eine Blüte und ein Lied. Und sie gaben ihr den Namen des weissen Pferdes, der war Beirut.«

»Schämst du dich nicht, unserem Herrn solche Lügenmärchen aufzutischen?« rief der Wesir etwas voreilig. »Diese Geschichte von Beirut ist reine Erfindung. Die wahre Geschichte geht ganz anders.«

»Wie geht denn die wahre Geschichte?« wollte Hülägü wissen.

»Früher einmal«, begann der Wesir, »lebten Menschen am Strand des Meeres neben einem riesigen Felsmassiv. Sie waren glücklich, wiewohl sie noch keine Sprache erfunden hatten, um miteinander zu sprechen. Unterschiedliche Rufe, hohe und tiefe, weiche und scharfe, waren ihr einziges Verständigungsmittel. Sie wohnten auch nicht in Häusern. Wenn die Nacht kam, zogen sie sich in die Höhlen des nahen Berges zurück und schliefen dort. Ihre Nahrung bestand aus den Früchten der Bäume, den Pflanzen der Erde und den Tieren und Fischen, die sie erjagten. Eines Tages nun bedeckte sich der Himmel mit dichten schwarzen Wolken, die sie mit Angst und Schrecken betrachteten. Es war Sommer und dergleichen ungewöhnlich. Der Donner grollte, und sie drängten sich zitternd und bebend aneinander. Dann sanken aus den Wolken Häuser mit Zimmern und Wänden, mit Decken und Fenstern. Sie segelten langsam herab, als besässen sie kräftige Flügel, pflanzten sich in die Erde, schmiegten sich ihr an und bildeten ein kleines, hübsches Städtchen. Da lärmten die Leute freudig und voller Verwunderung durcheinander und rannten in die neue Stadt. Sie richteten sich in ihr ein und hausten fortan nicht mehr in den Höhlen. Später gelang es ihnen auch, eine eigene Sprache zu erfinden, und sie nannten ihre Stadt ›Beirut‹, was in jener Sprache ›Tochter der Wolken‹ bedeutete.«

Hülägü gähnte. »Wie töricht ihr beide doch seid«, sagte er zu Wesir und Hofnarr. »Da habt ihr mir nun von der Gründung von Städten erzählt, mir, der ich Spezialist für deren Zerstörung bin. Erzählt mir lieber, was es in Beirut gibt!«

»Nichts von Bedeutung«, antwortete der Wesir. »Menschen, Freiheit, Presse, Parteien, Verlage – und für alle, die glücklich leben wollen, die Möglichkeit, das zu tun.«

Da lachte Hülägü. »Morgen ziehe ich mit meinen Truppen dorthin«, erklärte er. »Ich werde die Stadt zerstören und ihre Bewohner niedermetzeln.«

Hülägü war es nicht mehr vergönnt, seine Drohung wahrzumachen. In selbiger Nacht ereilte ihn der Tod. Doch Beirut entkam dennoch nicht der Zerstörung, der Knechtschaft und dem Mord – durch die Hand von Männern, die, so heisst es, Hülägü weit überlegen waren.

Der Tod eines Krummdolchs

Antara

Die überlieferten Angaben über das Leben des vorislamischen Kriegers und Dichters (gestorben um 615) Antara Ibn Schaddâd sind spärlich. Der Sohn eines arabischen Vaters und einer schwarzen Sklavin sei in seiner Jugend ein Hirtensklave gewesen. Da er sich in den Stammeskämpfen hervorgetan habe, sei er freigelassen worden. In einem solchen Kampf ist er wohl, schon recht betagt, gefallen.

Alles Weitere ist Legende: die überlieferten Heldentaten, die unerwiderte Liebe zu seiner Cousine Abla. Aus diesen Geschichten entstand in der Folgezeit das bis heute bekannte Volksbuch Sîrat Antar *(Des Antars Leben und Taten), in dem auch zahlreiche Gedichtfragmente zu finden sind, die möglicherweise nicht von ihm stammen.*

Sein einziges vollständig überliefertes Gedicht wurde in die Sammlung der Muallakât *aufgenommen, jener sieben im 8. Jahrhundert als mustergültige Beispiele vorislamischer Dichtkunst zusammengestellten Oden.*

Chidr Allûn ärgerte sich über seine Mutter, die sich voller Bewunderung über den neuesten Fortschritt bei Schönheitsoperationen ausliess.

»Möchtest du denn wieder wie eine Zwanzigjährige aussehen?« fragte er sie spöttisch.

»Solche Operationen nützen nicht meinesgleichen, sondern Leuten wie dir«, antwortete die Mutter. »Du könntest dir jetzt ein neues Ohr machen lassen als Ersatz für das, das du dir in deiner Unbesonnenheit und Raserei abgeschnitten hast.«

Wütend schaute Chidr seine Mutter an, die aber nicht lockerliess: »Du bist jetzt über vierzig und immer noch unverheiratet. Andere haben längst ein-, zwei- oder sogar dreimal geheiratet. Wer will dich schon haben – mit nur einem Ohr? Jeder Mann in unserem Viertel hat zwei Ohren, nur du hast bloss eins.«

»Wie kommst du darauf, dass ich mich schäme, weil mein Ohr abgeschnitten ist? Ich bin vielmehr stolz darauf«, erklärte Chidr eitel und selbstgefällig.

»Weisst du denn nicht, dass die Frauen des Viertels deinen Namen nicht mehr kennen und nur noch von ›Dem mit dem abgeschnittenen Ohr‹ sprechen?« fragte die Mutter.

»Ich als Mann schere mich nicht um das Geschwätz von Frauen mit beschränktem Verstand«, verkündete Chidr.

Und Antara Ibn Schaddâd, der ihn insgeheim bei Tag und bei Nacht begleitete, raunte ihm zu: »Kümmere dich nicht um das dumme Geschwafel deiner Mutter. Mir haben meine Feinde immer meine schwarze Hautfarbe vorgehalten, aber in Erinnerung geblieben bin ich dann als der

Mann, den Abla liebte, den alle fürchteten und um dessen Gunst sie buhlten.«

»Möge Gott sein Wohlgefallen an dir haben, Chidr«, redete die Mutter ihm ins Gewissen. »Du weisst nicht, was im Herzen einer Mutter vor sich geht. Selbst wenn ihr Sohn hässlich wäre wie ein Affe, sähe sie noch die graziöseste Gazelle in ihm. Ich will doch nur dein Bestes, für mich bist du der prächtigste Mann auf der Welt. Aber schau doch mal in den Spiegel, damit du merkst, dass ich dir nichts vormache. Dein Anblick ist furchterregend! Du vernachlässigst dich, als ob du ein Penner wärest. Du scherst dir den Kopf kahl, als wärest du glatzköpfig, lässt deinen Schnurrbart wuchern, gibst nicht acht auf deine Kleidung, und dann ist auch noch dein Ohr abgeschnitten.«

Antara Ibn Schaddâd meinte: »Wenn du deine Mutter weiterreden lässt, wird sie dir vorschlagen, für dein Haar zum Damenfriseur zu gehen.«

Chidr betrachtete seine Mutter und verspürte Mitleid. Sie war in den Sechzigern, aber ihr Gesicht hatte Falten, als wäre sie neunzig und hätte wenig zu lachen. Sie seufzte und bat ihn: »Mach mir die Freude, Chidr, bevor ich sterbe. Ich bin alt geworden, stehe am Rande des Grabes. Wann werde ich Grossmutter und erlebe deine Kinder?«

»Meine Güte!« antwortete Chidr. »Du hast Heerscharen von Nachkommen. Meine Schwester ist verheiratet und hat fünf kleine Teufel.«

»Aber sie sind die Kinder eines Fremden und nicht deine«, meinte die Mutter.

»Es ist heutzutage Mode«, mischte sich Antara Ibn Schaddâd ein, »dass die Männer die Frauen imitieren und umgekehrt. Wirkliche Männer gibt es kaum noch, ihr Verhalten wird nicht mehr verstanden.«

Die Mutter war überrascht, als sie ihren Sohn herzlich lachen sah, obwohl er kurz zuvor noch grimmig die Stirn gerunzelt hatte und einem Wutausbruch nahe schien. »Gott helfe dir mit deinem verdrehten Hirn!« Ihre Geduld war am Ende.

Nachdem er seiner Mutter die Hände geküsst hatte, verliess Chidr Allûn das Haus und ging ins Café im Kuweikviertel. Während er so für sich allein sass und eine Wasserpfeife rauchte, meinte Antara Ibn Schaddâd: »Nicht lächeln! Männer, die ständig lächeln, wirken schwul.«

Also verdüsterte sich Chidr Allûns Miene zusehends, so dass die Männer an den umliegenden Tischen annahmen, ein heftiger Streit stünde bevor, und sich anschickten, das Weite zu suchen. Doch in diesem Augenblick betrat eine aus zwei Männern bestehende Polizeistreife das Café. Einer der beiden Polizisten herrschte die Besucher grob an, aufzustehen und die Hände in die Luft zu heben. Die beiden Polizisten begannen, alle zu durchsuchen, einen nach dem anderen. Bei Chidr Allûn stiessen sie auf einen Dolch mit gebogener Klinge. Einer der Polizisten zog ihn aus der Scheide und fragte Chidr Allûn missbilligend: »Weisst du nicht, dass es verboten ist, Waffen zu tragen?«

Als Chidr Allûn zweideutige, unverständliche Worte vor sich hin murmelte, versetzte ihm der andere Polizist einen Schlag und fuhr ihn an: »Hier wird nicht genäselt. Der Herr hat dir eine Frage gestellt, also antworte gefälligst! Warum trägst du den Krummdolch?«

»Weil ich gerne Obst mag«, erwiderte Chidr.

Der Polizist meinte: »Die Ausrede ist ja schlimmer als ein Vergehen.«

»Der Arzt hat mir empfohlen, nur geschältes Obst zu essen«, erklärte Chidr.

Da lachten die beiden Polizisten und verzichteten darauf, Chidr Allûn festzunehmen. Sie begnügten sich damit, den Dolch zu konfiszieren, und rieten ihm, das Obst mit Schale zu essen, damit ihm künftig keinerlei Unannehmlichkeiten widerführen. Chidr sank auf seinen Stuhl, bestürzt und beschämt, als wäre er nackt, und Antara Ibn Schaddâd kommentierte: »Wer seinen Dolch abgibt, ist kein Mann mehr, ihm steht nur noch das Recht zu, bei den Frauen zu sitzen.«

»Aber wer sich über meinen Dolch hermacht, ist Polizist«, sagte Chidr.

Antara Ibn Schaddâd meinte: »Als ob du vergessen hättest, dass Polizisten Menschen sind wie du und ich, die genauso sterben wie wir.«

Chidr erwiderte: »Ohne Dolch habe ich weniger Kraft als eine lahme Greisin.«

»Und wie erhältst du deinen Dolch zurück?« fragte Antara.

Niedergeschlagen dachte Chidr nach. Dann sprang er plötzlich von seinem Stuhl auf, verliess im Laufschritt das Café und eilte zum Haus des einflussreichsten und vermögendsten Mannes im Viertel. Als er mit Nadschîb al-Bakkâr zusammentraf, sagte er mit zitternder Stimme: »Hör mich an, Nadschîb Bey! Alle Einwohner des Viertels, ob gross oder klein, sind schon mit Bitten an dich herangetreten, ich als einziger habe noch nie etwas von dir erbeten.«

»Das stimmt«, antwortete Nadschîb, »und dafür tadle ich dich. Ich dachte schon, du hältst nichts von mir.«

»Heute komme ich mit einem Wunsch zu dir, lass mich nicht unverrichteter Dinge heimgehen.«

»Verlange, was du willst, und mit Gottes Erlaubnis wird dein Wunsch in Erfüllung gehen«, sagte Nadschîb.

Da erzählte Chidr mit erstickter Stimme sein Erlebnis mit den beiden Polizisten und bat Nadschîb zu vermitteln, damit er seinen Dolch zurückerhalte, zumal der Chef der Polizeidienststelle sein Freund sei und ihm keinen Wunsch abschlüge. Nadschîb überlegte kurz, ehe er Chidr antwortete: »Warum kaufst du nicht einen zweiten Dolch? Ich schenke dir den besten Krummdolch, der sogar Felsen spaltet.«

»Dein Geschenk in allen Ehren, aber ich gebe mich nur mit meinem eigenen Dolch zufrieden«, erwiderte Chidr halsstarrig. »Uns verbindet schliesslich eine lebenslange Freundschaft.«

Daraufhin willigte Nadschîb ein: »Heute abend spreche ich mit dem Chef der Dienststelle, und die ganze Sache wird enden, wie du es dir wünschst.«

Am Morgen des folgenden Tages hastete Chidr zu Nadschîb al-Bakkârs Haus. Er fand ihn noch im Schlafanzug, sich reckend und gähnend, und fragte ungeduldig: »Alles in Ordnung? Kannst du mich beruhigen, Bey?«

Da berichtete Nadschîb ihm mit Bedauern, dass einer der beiden Polizisten sich hinsichtlich des beschlagnahmten Dolches etwas habe zuschulden kommen lassen: er habe ihn nicht auf der Polizeiwache abgeliefert, sondern an eine ausländische Touristin verkauft, von der er weder Namen noch

Adresse kenne. Er würde hart bestraft werden. Chidr aber riet er, seinen Dolch zu vergessen. »Wie soll ich ihn denn vergessen?« rief dieser. »Weisst du, dass ich mich seit meinem zehnten Lebensjahr nicht von diesem Dolch getrennt habe! Nachts lege ich ihn unter mein Kissen, während ich schlafe, und wenn ich ins Gefängnis komme, quält mich nichts ausser der Vorstellung, von ihm getrennt zu sein.«

Nadschîb meinte: »Wenn du eine Sache aufbauschst, wird eine grosse Geschichte daraus – misst du ihr nicht so viel Bedeutung bei, wird sie zur Nebensächlichkeit. Selbst der liebste Freund muss einmal sterben. Betrachte deinen Dolch als einen Freund, der gestorben ist.«

»Von allen Leuten hätte ich erwartet, dass sie so daherreden, nur nicht von dir«, sagte Chidr vorwurfsvoll, »bei deiner Erfahrung in Sachen Männlichkeit.«

Aufgebracht verliess Chidr Nadschîb al-Bakkars Haus und lief erregt durch das Viertel. Es kam ihm so vor, als ob sein Dolch nach ihm riefe, und er erinnerte sich, wie ihn jedesmal ein berauschender Schauer überkommen hatte, wenn er über die Klinge strich oder den Griff umschloss, voller Vertrauen, dass er, würde er je in einen abgrundtiefen Brunnen geworfen, von dort bis auf den Gipfel eines Berges zu springen vermöchte. Antara Ibn Schaddâd sagte ihm: »Wenn ich zwischen Abla und meinem Schwert hätte wählen müssen, hätte ich nicht einen Augenblick lang gezögert und das Schwert gewählt, denn ein Mann ohne Waffe ist wie eine Frau, die einer Vergewaltigung nicht entkommt.«

Chidr Allûn spürte, dass er zum schutzlosen Opfer und zur wehrlosen Beute geworden war, und sehnte sich nach Luftveränderung. Er verliess das Viertel und schlenderte eine breite, asphaltierte Strasse entlang, zu deren Seiten grüne Bäume und hohe Gebäude aus hellem Stein aufragten. Da erfasste ihn plötzlich ein rasendes Auto und überfuhr ihn. Man transportierte ihn in ein nahe gelegenes Krankenhaus, aber er starb am nächsten Morgen. Während er sein Leben aushauchte, tröstete ihn Antara Ibn Schaddâd: »Du hast nichts verloren, sei also nicht traurig und stirb unbesorgt.«

Alle Männer des Kuweikviertels schritten mit in Chidr Allûns Leichenzug, den Antara Ibn Schaddâd gesenkten Hauptes anführte. Dass Antara an seinem Begräbnis teilnahm, erfüllte Chidr Allûn mit Stolz. Doch er bedauerte, dass die Bewohner seines Viertels davon nichts ahnten und nicht sahen, wie Antara mit dem Schwert Erde auf seinen toten Freund häufte.

Abdallâh Ibn al-Mukaffaa der Dritte

Ibn al-Mukaffaa

Spross einer alten iranischen Beamtenfamilie, ist Ibn al-Mukaffaa (gestorben um 756) nicht nur einer der ersten bekannten Vertreter der sich im Zweistromland damals neu formierenden Sekretärs-, das heisst Beamtenklasse meist iranischer Herkunft. Er gilt auch als Symbol einer neuen, nichtreligiösen Bildungstradition, die sich in dieser Klasse verkörperte, die zur Erhaltung ihrer gesellschaftlichen Position versuchte, sich durch »Arabisierung« an die neuen Machthaber anzupassen.

Ibn al-Mukaffaas Werk macht diese Übergangssituation deutlich: Es besteht zum einen Teil aus Übersetzungen aus dem Persischen, zum Beispiel der berühmten Fabelsammlung Kalîla und Dimna. *Zum anderen Teil besteht es aus Traktaten für Sekretäre, ihre Arbeit und ihr Verhalten betreffend, und aus einem »Fürstenspiegel«.*

Nach den arabischen Chroniken soll der Kalif Abu Dschaafar al-Mansûr (754–775) einen seiner Gouverneure beauftragt haben, Ibn al-Mukaffaa zu töten, was dieser angeblich tat, indem er ihm Glied um Glied abhacken und verbrennen liess.

In alter Zeit fragte einmal ein Lehrer seine Schüler, wer denn Abu Dschaafar al-Mansûr sei.

»Das ist unser Herrscher, unser Herr und unser König«, antwortete ein Schüler.

»Er liebt die Gerechtigkeit und die Freude«, ergänzte ein zweiter.

»Ihn hat noch nie jemand finster blicken sehen«, fügte ein dritter hinzu.

»Die Feinde fürchten ihn, und keine Wolke, die am Himmel das Land überquert, darf es ohne eine handschriftliche Bewilligung von ihm regnen lassen«, erklärte ein vierter.

»Nicht einmal das wildeste, stärkste und hungrigste Ross darf auch nur ein gelbes Blättchen von den Bäumen essen, ohne dafür eine herrscherliche Bewilligung eingeholt zu haben«, vervollständigte ein fünfter.

Da freute sich der Lehrer und gähnte. »Eure Antworten beweisen klar, dass ihr gelernt habt, was ich euch das ganze Jahr über eingetrichtert habe.«

Dann kam der Tag, an dem auf der Strasse ein Mann festgenommen wurde, der eine Katze schlug. Man führte ihn direkt vor al-Mansûr, der, kaum hatte er von der Tat des Mannes erfahren, diesen unwirsch anfuhr. Ob er denn nicht wisse, dass ein solches Tun gegen die Gesetze verstosse. Ob er überhaupt ein Mensch sei. Wie er denn eine Katze schlagen könne und warum.

»Mich hat ein Mann geschlagen«, erwiderte der dergestalt Kritisierte, »den zurückzuschlagen ich nicht den Mut hatte. Also habe ich die Katze verdroschen.«

»Du hättet ja einen Esel verprügeln können, zumal das Verprügeln von Eseln nicht verboten ist.«

»Aber ein Esel könnte treten, beissen oder iahen.«

al-Mansûr lachte. »Du bist wahrhaftig ein kurioser Geselle. Wer bist du?«

»Ich heisse Abdallâh Ibn al-Mukaffaa.«

»Und was treibst du so?«

»Ich verfasse Bücher.«

al-Mansûrs Heiterkeit wuchs. »Erzählst du in deinen Büchern Geschichten von Liebenden und ihren Schmerzen?« wollte er wissen.

»Nein, nein, weder noch«, wehrte Ibn al-Mukaffaa ab. »Ich verfasse Bücher voller Weisheiten, mit denen ich die Menschen zum Nachdenken anrege.«

»Was willst du damit sagen?« rief da einer von al-Mansûrs Wesiren gehässig. »Gibst du offen zu, die Menschen zum Nachdenken anzuregen?«

»Das ist eine Beschuldigung, von der ich wünschte, sie träfe zu. Ich wollte, ich wäre ihrer würdig.«

»Was ist los mit dir?« schaltete sich al-Mansûr ein. »Warum streitest du mit ihm? Hat er etwas gesagt, das dich aufregen und verärgern könnte?«

Der Wesir wies mit bebendem Finger auf Ibn al-Mukaffaa. »Das ist ein Staatsfeind, eine Gefahr! Er muss ...«

»Wo liegt die Gefahr?« unterbrach ihn al-Mansûr. »Das ist nur ein armseliger Mann mit einem Leben voller Papier, Federn und Tinte.«

»Was ist denn die Aufgabe des guten Herrschers?« fragte der Wesir zurück. »Ist nachzudenken nicht eher seine Aufgabe als diejenige derer, über die er herrscht? Wenn sich die Menschen daran gewöhnen, selbst nachzudenken, brauchen sie irgendwann ihre Herrscher nicht mehr.«

»Dann brauchen sie auch ihre Wesire nicht mehr«, meinte al-Mansûr lächelnd. Er wandte sich an Ibn al-Mukaffaa und fragte ihn, was er von der Ansicht seines Wesirs halte.

»Ein Mensch, der nicht nachdenkt«, erklärte Ibn al-Mukaffaa, »steht niedriger als das Tier.«

»Habt Ihr das gehört, Herr?« brauste der Wesir auf. »Er macht das Volk, Euer Volk, verächtlich.«

»Er ist ein Feind des Volkes und muss bestraft werden«, ereiferte sich ein anderer Wesir, und ein dritter fügte, an Ibn al-Mukaffaa gewandt, tadelnd hinzu: »Schämst du dich denn nicht, so etwas zu äussern? Wenn das Volk eine Herde von Tieren ist, heisst das doch, dass unser Herr über Tiere regiert.«

In dem nun folgenden Getümmel blieb Ibn al-Mukaffaa aufrecht und mit strengem Blick stehen. Aber al-Mansûrs Hand sorgte mit einer strengen Bewegung für die Wiederherstellung absoluter Ruhe. Dann wandte sich der Kalif erneut an Ibn al-Mukaffaa: »Ich glaube daran, dass man von der Wiege bis zur Bahre nach Wissen streben soll. Also sprich, und erzähle mir, wie du deine Bücher abfasst, die, wie du behauptest, die Leute zum Nachdenken anregen.«

Ibn al-Mukaffaa legte seine Hand erst auf den Kopf, dann aufs Herz. »Ich verlasse mich auf diese beiden«, sagte er.

»Nun hör mal, Ibn al-Mukaffaa! Ich kann dir in wenigen Augenblicken den Kopf abschlagen oder das Herz aus dem Leib reissen und es den Hunden zum Frass vorwerfen. Aber ich werde beweisen, dass all die Schriften, die künftig einmal erzählen, ich hätte dich zum Tod durch Verbrennen verurteilt, lügen. Ich werde mit dir einen Vertrag schliessen. Danach wirst du für mich arbeiten, und zwar für ein

Monatsgehalt, das höher sein wird als dasjenige meines Premierwesirs.«

»Und worin wird meine Arbeit bestehen?«

»Welch törichte Frage! Bist du eine Tänzerin oder ein Schreiber? Da du nun einmal ein Schreiber bist, wird deine Aufgabe darin bestehen, meine Korrespondenz mit den Gouverneuren zu erledigen. Wenn du ausserhalb der Arbeitszeit noch ein Buch über meine Bemühungen abfassen kannst, die Menschen, über die ich herrsche, glücklich zu machen, so werde ich dir dieses Buch in Gold aufwiegen. Nun, was hältst du davon? Bist du einverstanden?«

Als Ibn al-Mukaffaa zu einer Antwort ansetzte, unterbrach ihn al-Mansûr: »Du brauchst gar nichts zu sagen. Deine Miene ist mir Antwort genug. Geh also, und bereite dich auf deine Arbeit vor.«

Da eilte Ibn al-Mukaffaa raschen Schrittes nachhause. Er fühlte sich wie ein stählerner Adler, hoch über Städten kreisend, die in Erwartung, er könnte herabstossen, zittern. Doch kaum lag er auf dem Bett und hatte die Augen geschlossen, als seine Freude auch schon verflog und einer rätselhaften Tristesse wich. Er hatte das Gefühl, in einem tür- und fensterlosen Zimmer eingesperrt zu sein, in dem sich viele Männer drängten. Wer sie seien, fragte er mit matter, zitternder Stimme.

»Wir sind Ibn al-Mukaffaas«, erwiderten sie wie aus einem Mund.

Dann huben sie an zu reden, und Ibn al-Mukaffaa lauschte ihren Worten mit wachsendem Entsetzen.

»Ich bin jetzt ein Beamter mit Macht, Einfluss und Ansehen«, sagte Ibn al-Mukaffaa der Erste.

»Ich bin jetzt ein Schuh für Füsse, die mit dem Blut von Kindern, Vögeln und Blumen befleckt sind«, sagte Ibn al-Mukaffaa der Zweite.

»Da nun einmal das Wort keinen Feind tötet, warum sollte es sich nicht in ein Netz verwandeln, mit dem man Fische aus Gold und Silber an Land zieht?« sagte Ibn al-Mukaffaa der Dritte.

»Das Wort tötet zwar keinen Feind, aber es führt zu ihm hin und schafft den Wunsch, ihn zu töten«, sagte Ibn al-Mukaffaa der Vierte.

»Das Wort ist eine Blume, und die Blume ist kein Schwert«, sagte Ibn al-Mukaffaa der Fünfte.

»Ich werde ans Ende der Welt fliehen und mich unablässig betrinken. Ich werde barfuss über die Erde torkeln, bis ich sterbe«, sagte Ibn al-Mukaffaa der Sechste.

Und Ibn al-Mukaffaa der Siebte meinte: »Ich werde eine Geschichte schreiben, in der ein armer Mann einen Weisen aufsucht, der auf dem Gipfel eines Berges haust. ›Vielleicht weisst du nicht, was in unserem Land geschieht‹, sagt er zu ihm. ›Die Soldaten haben sich gegen den tyrannischen König erhoben, und als sie ihn aufgehängt hatten, habe ich mich gefreut. Doch meine Freude war von kurzer Dauer, denn jeder dieser Soldaten wurde zu einem König, der raffte, raubte und klaubte. Was soll ich nur tun, ich, ein hungriger armer Mann?‹ ›Nimm eben eine Waffe in die Hand‹, erwidert der Weise verächtlich und befehlend, worauf der Arme ihn fragt, ob er diese Waffe als Revolutionär tragen oder einer von diesen Soldaten werden solle. Da schweigt der Weise. Es scheint, als habe er sich plötzlich in einen Felsbrocken verwandelt, der weder hört noch spricht. So muss der arme Mann ratlos nachhause zurückkehren, doch sein Hunger und das Gefühl der Erniedrigung zwingen ihn, zur Waffe zu greifen.«

Da brüllten die Männer rasch und spöttisch durcheinander: »Was für eine blöde Geschichte!«

»Völlig sinnlos!«

»Sie behandelt keine Frage menschlichen Schicksals!«

»Das verstehen die einfachen Leute nicht!«

Ibn al-Mukaffaa auf seinem Bett stiess einen Hilfeschrei aus.

Derweil betrachtete Abu Dschaafar al-Mansûr mit spöttischen Blicken seine Wesire. »Ich sehe, ihr seid noch immer wütend auf Ibn al-Mukaffaa.«

»Er ist ein gefährlicher Mann«, sagte einer von ihnen. »Er könnte ein Buch verfassen, in dem er Euch preist, aber gleichzeitig schreibt er weiterhin andere Bücher, die die Leute zum Nachdenken anregen.«

al-Mansûrs Gesichtsausdruck wurde unwirsch. »Ihr verdient nicht, meine Wesire zu sein«, sagte er. »Ihr seid eine Ansammlung von Toren. Der Hungrige denkt nicht. Und wenn er denkt, so nur daran, wie er zu seinem täglich Brot kommt.«

»Aber wenn er nicht zu seinem täglich Brot kommt und hungrig bleibt«, warf der Wesir ein, »so denkt er darüber nach, wie man die Herrschaft unseres Herrn beseitigen kann.«

»Wer nachzudenken wünscht, soll nachdenken, wie es ihm beliebt. Das Nachdenken ist nicht verboten, solange das Schwert stärker ist. Und ich bin es, der das Schwert besitzt.«

70

Da schwiegen die Wesire; sie bewunderten die Weisheit des Kalifen. Doch die Enkel dachten anders über ihren Grossvater Abu Dschaafar al-Mansûr.

Der Angeklagte

Umar al-Chajjâm

Im Westen bekannt ist Umar al-Chajjâm (1048–1123) durch die »Vierzeiler«, die der Brite Edward Fitzgerald in der zweiten Hälfte des 19. Jahrhunderts ins Englische übersetzte. In diesen Kurzgedichten, deren Authentizität nicht immer gesichert ist, sah man in Europa eine Art Freidenkertum und eine Infragestellung der traditionellen islamischen Vorstellung von Gott und der von ihm geschaffenen Welt. Diese sei nach Umar al-Chajjâm nicht so gut durchdacht, wie oft angenommen, und über das Jenseits wisse man sowieso nichts. Deshalb bleibe den Menschen nichts anderes übrig, als sich hienieden zu amüsieren.

In der orientalischen Überlieferung spielt der aus Nischapur in Persien gebürtige Umar al-Chajjâm eine wichtige Rolle als Gelehrter. Besonders die Astronomie, Algebra, Arithmetik, Geometrie und Medizin verdanken ihm vielfältige Einsichten.

In seinen philosophischen Abhandlungen folgt er dem »orientalischen Aristotelismus« und sieht in Gott den logisch notwendigen Ersten Beweger.

Ein beleibter Polizist betrat den Friedhof. Zögernd ging er einige Schritte zwischen den weissen Gräbern umher. Einen Augenblick lang blieb er unschlüssig stehen und rief dann in gedehntem Tonfall: »Umar al-Chajjâm!« Er erhielt keine Antwort. Nun zog er ein verdrecktes weisses Taschentuch heraus und schneuzte sich hinein. Dann knüllte er es zusammen, steckte es in die Tasche zurück und schrie wütend: »Umar al-Chajjâm! Umar al-Chajjâm! Du bist vorgeladen zur Gerichtsverhandlung!«

Wieder erhielt er keine Antwort. Da verliess der Polizist den Friedhof und kehrte auf die Wache zurück. Dort fasste er einen Rapport ab, in dem er schilderte, was sich ereignet hatte, und beteuerte, Umar al-Chajjâm habe sich geweigert, vor Gericht zu erscheinen. Seinen Bericht unterbreitete er seinen Vorgesetzten, deren Mienen vor Missbilligung und Entrüstung ergrimmten. Hastig erteilten sie Befehl, worauf sich eine Reihe von Polizisten, mit Spitzhacken und Schaufeln ausgerüstet, unverzüglich zum Friedhof begab und Umar al-Chajjâms Grab öffnete. Schlotternd, staubbedeckt und verwest wurde er aus der Erde gezogen und in den Gerichtssaal gebracht, wo ihn der Richter schon erwartete.

Der Richter (mit sanfter, würdevoller Stimme): »Umar al-Chajjâm, Sie sind angeklagt, Gedichte verfasst zu haben, die den Wein verherrlichen und zum Genuss desselben auffordern. In Anbetracht der Tatsache, dass unser Land einerseits danach strebt, seine wirtschaftliche Unabhängigkeit zu verwirklichen, und daher der Import ausländischer Waren gesetzlich verboten ist, sowie in Anbetracht der Tatsache, dass unser Land andererseits nicht über Betriebe verfügt, die Wein produzieren, ist Ihre Lyrik als Aufwiegelung anzusehen, die Nachfrage nach importierten ausländischen Waren zu steigern. Darauf steht nach dem Gesetz Strafe ohne Bewährung. Geben Sie Ihr Vergehen zu? Bekennen Sie sich schuldig? Warum antworten Sie nicht? Sprechen Sie, schweigen schadet Ihnen nur. Also gut, Ihr Schweigen zeigt, dass Sie die Anklage zurückweisen. Dann werden wir uns jetzt bemühen, herauszufinden, ob Sie schuldig oder unschuldig sind, denn unser Ziel ist die Gerechtigkeit. Erstens: Wer Gedichte verfasst, muss vollendet schreiben und lesen können. Verstehen Sie sich aufs Lesen und Schreiben? Wollen Sie das abstreiten? Dann werden wir jetzt die Zeugen aufrufen.«

Der erste Zeuge (Inhaber einer Buchhandlung): »Der Angeklagte pflegte in meiner Buchhandlung Bücher in grosser Zahl zu kaufen.«

Der Richter: »Welche Sorte von Büchern kaufte er gewöhnlich?«

Der erste Zeuge: »Bücher zu den verschiedensten Themen, aber am liebsten solche, die von Liebe handeln.«

Der Richter: »Haha … er war also für pornographische Literatur?! Gott segne den lobenswerten Charakter! Sagen Sie, pflegte er nicht auch politische Bücher zu kaufen?«

Der erste Zeuge: »Politische Schriften?! Ich schwöre, dass meine Hand noch nie ein politisches Buch berührt hat. Eventuell kaufte er diese in einer anderen Buchhandlung.«

Der Richter: »Er kaufte also regelmässig Bücher?!«

Der erste Zeuge: »Und darüber hinaus kaufte er weisses Papier und Schreibzeug.«

Der Richter: »Gott ist gross! Die Lüge vergeht, doch die Wahrheit obsiegt. Wenn der Angeklagte nicht des Lesens und Schreibens kundig gewesen wäre, hätte er sein Geld nicht für den Kauf von Büchern, Papier und Schreibzeug ausgegeben.«

Der zweite Zeuge (greise Frau): »Alles, was ich weiss, ist, dass der Angeklagte die Wörter über alles liebte, denn eine Frau, die sich in ihn verliebt hatte, berichtete mir, er habe ihr gestanden, dass ihm die Wörter lieber seien als die schönste Frau der Welt.«

Der Richter: »Liebte die Wörter?! Was für eine Perversion! Der aufrichtige Bürger liebt nur seine Mutter und die Regierung.«

Der dritte Zeuge (Journalist): »Ich habe die Verse des Angeklagten sorgfältig studiert und fand sie bar jeglichen Lobs für die Erfolge der Regierung.«

Der Richter: »Dies ist ein schlagender Beweis, dass der Angeklagte das Volk nicht ehrt.«

Der vierte Zeuge (Mann mit langem Bart): »Ich schwöre bei Gott, dass ich mit meinen eigenen Ohren – mögen die Würmer sie auffressen nach meinem Tod – gehört habe, wie der Angeklagte sagte, Wein vertreibe die Trauer.«

Der Richter: »Das ist eine Aussage, die sehr gefährlich wird, wenn sich dem Gericht erweisen sollte, dass sich die Trauer unter der Bevölkerung ausbreitet.«

Der fünfte Zeuge (Chef einer Polizeidienststelle): »Uns erreichten viele Berichte über das zerstörerische Geschäft, dem diese sogenannte Trauer nachgeht. Aber wir konnten ihrer bisher nicht habhaft werden, die Suche nach ihr ist nach wie vor im Gange.«

Der sechste Zeuge (Strafgefangener): »Die Trauer war es, die mich dazu brachte, ein Leben in Freiheit zu fordern.«

Der siebte Zeuge (Strafgefangener): »Die Trauer nötigte mich, die Regierung zu schmähen.«

Der achte Zeuge (Strafgefangener): »Die Trauer war es, die mich zur Teilnahme an einer Demonstration veranlasste.«

Der neunte Zeuge (Strafgefangener): »Die Trauer war es, die mich dazu anstachelte, einen Fluchtversuch aus dem Gefängnis zu unternehmen.«

Der zehnte Zeuge (Strafgefangener): »Die Trauer allein liess mich alle Polizisten hassen.«

Der Richter: »Aufgrund der Zeugenaussagen kann es als erwiesen gelten, dass Umar al-Chajjâms Gedichte nichts anderes als offene Propaganda für den Wein sind, eine unverhüllte Aufforderung zum Import ausländischer Waren sowie die Umsetzung eines verdächtigen Plans mit dem Ziel, Aufruhr zu stiften. Des weiteren haben die Aussagen der Zeugen bestätigt, dass Umar al-Chajjâm mit der Trauer kooperiert, die – wie das Gericht für erwiesen hält – nichts anderes ist als ein Spion der fünften Kolonne, die unsere Feinde zur Beeinträchtigung der Sicherheit und zur Unruhestiftung einsetzen.«

Der Richter schwieg eine Weile, befriedigt und beglückt seufzend. Dann ergriff er wieder das Wort und verhängte über Umar al-Chajjâm das uneingeschränkte Verbot, Gedichte zu schreiben.

Die Polizisten übernahmen es, Umar al-Chajjâm zum Friedhof zurückzubefördern. Sie legten ihn in seine Grube und häuften Erde über ihn, nachdem sie alles Papier und Schreibzeug in seinem Besitz vernichtet hatten. Die Trauer jedoch blieb frei und setzte ihr zerstörerisches Werk fort.

Der die Schiffe verbrannte

Târik Ibn Sijâd

Wiewohl berberischer Herkunft, ist Târik Ibn Sijâd (670–720) eine der bedeutenden Heerführergestalten der ersten Welle arabisch-islamischer Expansion. Seine grosse historische Tat war es, im Jahre 711 eine fast ausschliesslich aus Berbern bestehende muslimische Armee von Nordafrika auf die Iberische Halbinsel zu führen und die arabische Präsenz dort einzuleiten, die erst mit der Rückeroberung Granadas im Jahre 1492 zuende ging.

Über die Einzelheiten des Vorgangs berichten die Quellen Widersprüchliches. Das gilt besonders für den Anlass der Landung auf jenem Felsen, der bis heute Târiks Namen trägt: Gibraltar ist ursprünglich Dschebel Târik, »Târiks Berg«. Ob er, Gouverneur von Tanger, diesen Schritt von sich aus oder auf Anregung eines iberischen Potentaten unternommen hat, ist unklar. Fest steht, dass schon die ersten bewaffneten Auseinandersetzungen die Zerstrittenheit des Westgotenreichs deutlich machten und so Târiks Weitermarsch nach Norden kein nennenswertes Hindernis im Wege stand.

Vom Verbrennen der Schiffe berichten die arabischen Chroniken.

1. Die Verhaftung

Die grünen Bäume auf der Strasse hielten inne in ihrem Gesang, als eine Anzahl grimmig schauender Polizisten einen Mann umringte, der auf dem Gehweg ging, ein schartiges Schwert, eine müde Lanze. Nach seinem Sieg in Tausenden von Schlachten war für ihn die Zeit gekommen, sich zur Ruhe zu setzen. Einer der Polizisten herrschte ihn an: »Her mit deinem Ausweis!« Der Mann nahm den Tonfall des Polizisten mit Befremden auf und kochte innerlich vor Wut. Doch er begnügte sich mit einem überlegenen Lächeln, steckte die Hand in seine Tasche, zog seinen Ausweis heraus und reichte ihn dem Polizisten. Der warf einen raschen Blick darauf und fragte dann: »Sie sind also Târik Ibn Sijâd?«

Der Mann antwortete stolz: »Ja, ich bin Târik Ibn Sijâd.«

Da sagte der Polizist spöttisch: »Hätten Sie die Güte, uns zu folgen?«

»Wohin?«

»Zum Wachposten.«

»Wachposten? Wieso?«

»Sie sind zu polizeilichen Ermittlungen vorgeladen.«

»Ich? Ich bin Târik Ibn Sijâd.«

»Uns interessiert nicht, wer Sie sind. Im Augenblick sind Sie nur jemand, dessen Verhaftung angeordnet ist, tot oder lebendig.«

Târik Ibn Sijâd runzelte die Stirn, während das Blut wild donnernd in seinen Adern pulsierte. Kaum traf er Anstalten, seinen Weg fortzusetzen, da umringten ihn die Polizisten und packten ihn. Er versuchte ihren Händen zu entkommen, doch sie schlugen grausam und rachsüchtig auf ihn ein und zwangen ihn schliesslich, den Widerstand aufzugeben.

Von Blut und Schande bedeckt, sank er zu Boden.

2. Das Verhör

Am ersten Tag wurde der Hunger erschaffen.

Am zweiten Tag wurde die Musik erschaffen.

Am dritten Tag wurden die Bücher und die Katzen erschaffen.

Am vierten Tag wurden die Zigaretten erschaffen.

Am fünften Tag wurden die Cafés erschaffen.

Am sechsten Tag wurde der Zorn erschaffen.

Am siebten Tag wurden die Singvögel mit ihren in den Bäumen verborgenen Nestern erschaffen.

Am achten Tag wurden die Untersuchungsrichter erschaffen, die, begleitet von Polizisten, Gefängnissen und Handschellen, sogleich über die Städte herfielen.

»Târik Ibn Sijâd – Sie sind der Vergeudung staatlicher Mittel angeklagt.«

»Sie irren sich. Ich habe keinerlei Mittel vergeudet.«

»Sind Sie nicht derjenige, der die Schiffe verbrannt hat?«

»Diese Massnahme war unverzichtbar für den Sieg.«

»Wir wollen keine Ausreden hören. Beantworten Sie nur unsere Fragen. Haben Sie die Schiffe verbrannt, ja oder nein?«

»Ich habe die Schiffe verbrannt.«

»Und Sie haben sie ohne Genehmigung verbrannt?! Warum antworten Sie nicht? Haben Sie von Ihrem Vorgesetzten eine Genehmigung für das Verbrennen der Schiffe eingeholt?«

»Genehmigung? Krieg ist was anderes als das Geschwätz im Café oder auf der Strasse.«

Târik Ibn Sijâd schaute den Ermittlern um sich herum voller Zorn und Verachtung ins Gesicht. Dann fragte er sie ruhig: »Wo waren Sie während des Krieges?«

»Wir haben unsere Pflicht erfüllt.«

»Auch wir haben Waffen getragen.«

Da stiess Târik Ibn Sijâd hastig hervor: »Ihr Waffentragen bestand darin, am Schreibtisch zu sitzen, Kaffee oder Tee zu trinken und über die Frauen und das Vaterland zu palavern.«

Die Ermittler lachten. Dann ertönten ihre Stimmen, hohl, scharf und kalt: »Sie sind ein Verräter.«

»Das Verbrennen der Schiffe war ein Schlag gegen die Staatsgewalt.«

»Wer war es, der vom Verbrennen der Schiffe profitierte? Niemand anders als der Feind.«

»Reden Sie! Schweigen wird Ihnen nichts nützen.«

»Wir haben Dokumente, die Ihren Verrat und Ihre Kollaboration mit dem Feind beweisen.«

»Das Volk weiss, wie Verrat bestraft wird.«

Das Meer und die Feinde griffen an, und darein mischte sich der Schrei eines Mannes: »Ihr habt das Meer im Rükken, und vor euch steht der Feind!«

Da rief Târik Ibn Sijâd mit bebender Stimme: »Aber ich habe die Feinde doch besiegt!«

Seine Erklärungen hätten keinerlei Bezug zu der gegen ihn erhobenen Anklage, wurde ihm gesagt.

3. Entwurf einer Rede

… und damit das Vaterland frei und zufrieden bleibe, lebtet ihr, verehrte Mitbürger, unzählige Jahre ohne Brot, lebtet in Unfreiheit, lebtet bar der Würde. Ihr verlerntet das Lächeln, verleugnetet die Rose, den Mond und die Lieder der Liebe. So möge Gott heute unser teures Vaterland vor der Gefahr der Verräter schützen, die mit dem Feind konspirieren.

4. Die Hinrichtung

Die Sterne flohen, denn siehe, da waren sie gekommen. Sie öffneten die Tür der Gefängniszelle und drangen ein, ausgehungerten Heuschrecken gleich. Als sie Târik Ibn Sijâd zur Leiche erstarrt auffanden, wunderten sie sich nicht, vielmehr schafften sie ihn eilends zum Hauptplatz der Stadt. Dort verlasen sie das Urteil: Hinrichtung durch den Strang. Dann fragten sie ihn nach seinem letzten Wunsch, doch er äusserte kein Wort. Sein Schweigen sahen sie als Hinweis dafür an, dass er keinerlei Wunsch hatte, und hernach hing er erdrosselt herab.

5. Von einem vorbildlichen Bürger

An den Herrn Polizeipräsidenten:

Mich Ihren Befehlen unterwerfend, ersuche ich um Erlaubnis, sterben zu dürfen.

Zwischen zwei Stühlen

al-Schanfara

Die Informationen über al-Schanfara (gestorben etwa 550), einen der bekannten vorislamischen Dichter auf der Arabischen Halbinsel, verlieren sich irgendwo zwischen Anekdoten und Legenden. Die häufig erzählte Geschichte, wonach er wegen einer persönlichen Brüskierung hundert Personen aus dem Stamm der Salamân habe umbringen wollen, gilt als apokryph.

Sogar die Authentizität seines berühmtesten Gedichts, der Lamîjat al-arab (ein auf »l« reimendes Gedicht über die arabischen Beduinen), wurde schon von altarabischen Literaturkritikern angezweifelt. Heute gilt das Werk im allgemeinen als echt. Es ist ein Gedicht über die einsame Wanderschaft des Dichters durch die Wüste. Friedrich Rückert (1788–1866) hat es ins Deutsche übersetzt.

al-Schanfara wird, wegen seiner fehlenden festen Einbindung in einen Stamm, als »Briganten-« oder »Vagabundendichter« bezeichnet, eine Einordnung, die er mit seinem Freund Taabbata Scharran teilt.

al-Schanfara sass in einem Restaurant und verzehrte Hühnerfleisch, das auf einem Holzkohlefeuer langsam und ohne anzubrennen gegrillt worden war. Jeder Bissen, den er sich in den Mund legte und kaute, gewährte ihm ein rauschhaftes Glücksgefühl und gab ihm den Eindruck, flügellos an einem weiten blauen Himmel zu schweben.

Plötzlich umringten ihn Polizisten und befahlen ihm barsch, ihnen ohne Widerrede zu folgen. Er bat um Erlaubnis, seine Mahlzeit zu beenden, die er schon bezahlt habe. Sie gestatteten es ihm nicht und brachten ihn zu einer Polizeistation. Kaum wurde al-Schanfara des Mannes ansichtig, der ihn offensichtlich verhören sollte, als er auch schon protestierte: »Warum hat man mich festgenommen? Ich bin weder ein Spitzel noch ein Taschendieb, weder ein Räuber noch ein Staatsfeind. Es ist nah und fern bekannt, dass ich in meinem ganzen Leben noch nie einer politischen Partei angehört habe, ja, dass ich die Politik verabscheue.«

»Schweig, und verhalte dich anständig«, entgegnete der Angesprochene. »Und zwing uns nicht, dir beizubringen, was das heisst. Es wäre auch nutzlos zu glauben, wir liessen uns täuschen, indem du das Unschuldslamm spielst, dem Unrecht geschieht. Von deiner Art sehen wir täglich Hunderte.«

»Ich bin aber wirklich unschuldig«, beharrte al-Schanfara. »Ich bin ein Musterbeispiel des ehrbaren und tugendhaften Bürgers.«

»Bist du nicht ein Feind des Stammes Salamân?«

»Das ist allgemein bekannt. Ich verabscheue diesen Stamm. Aber soweit mir bekannt, ist in keinem Gesetz vorgeschrieben, wen ein Bürger zu lieben oder zu hassen hat.«

»Weisst du etwa nicht, dass dieser Stamm die Stütze des Regierungssystems ist? Wenn du also ihn verabscheust, verabscheust du das Regierungssystem.«

»Das ist ein schwerwiegender Punkt. Ich gebe zu, dass ich mir dessen nicht bewusst war. Aber ich verpflichte mich, ab sofort von meinem Groll gegenüber dem Stamm Salamân abzusehen. Jedes seiner Mitglieder wird mir ab sofort teurer sein als Mutter und Vater.«

»Uns liegen zusätzlich verlässliche Zeugenaussagen vor, wonach du geschworen hast, hundert Personen dieses Stammes umzubringen. Was sagst du dazu?«

»Gott behüte! Ziehen Sie doch Erkundigungen über mich ein! Man wird Ihnen bestätigen, dass es sich bei diesen Behauptungen nur um böswillige Lügen und Gerüchte handelt, die leicht zu entkräften sind. Denn erstens besitze ich kein Schwert. Zweitens bin ich so schmächtig, dass ich keiner Fliege etwas zuleide tun kann. Wie sollte ich da imstande sein, hundert Personen umzubringen? Drittens bin ich ein Dichter, und Dichter sind immer sensible und weichherzige Menschen, die das Vergiessen von Blut verabscheuen.«

»Das ist mir völlig neu. Bist du wirklich ein Dichter oder scherzest du?«

»Ich bin wirklich ein Dichter. Sie können sich bei jedweder Schriftstellervereinigung nach mir erkundigen. Ich bin ein Dichter, sogar ein angesehener. Man kennt mich als Autor eines berühmten Gedichts mit dem Titel *Lamîjat al-arab*. Wenn ich eingekerkert werde, wird mir die Möglichkeit genommen, das grossartigste Dichtwerk zu vollenden, das sich in Gänze der Darlegung der Vorzüge des allseits geschätzten Staates widmet.«

»Was genau ist der Inhalt deines Werks?«

»Das Werk setzt sich aus hundert Gedichten zusammen. Jedes Gedicht preist einen der Verantwortlichen des Staates. Dem Direktor ist ein Gedicht gewidmet, dem Vizeminister eines, dem Minister zwei, dem Ministerpräsidenten sogar zehn, auch dem Heer eines, und seinem Oberbefehlshaber siebzig.«

»Und unserem geliebten Präsidenten?«

»Ich will ein Verräter sein, wenn ich ihn vergässe. Jedoch hielt ich es für unziemlich, über ihn in einem Werk zu sprechen, in dem von seinen Beamten und Dienern die Rede ist. Er wird alleiniger Gegenstand meines nächsten Werkes sein, das tausend Gedichte umfassen wird, und jedes soll einen Aspekt von ihm rühmen. Eines wird von seinen Zähnen sprechen, eines von seinem Zahnfleisch, eines von seinen Siegen im Krieg, eines von seiner Nase, eines von seinem rechten und eines von seinem linken Fuss.«

»Wie ist dein Verhältnis zu Taabbata Scharran? Und versuche nicht, deine Verbindung zu ihm zu leugnen.«

»Nein, nein. Er gehört zu meinen Freunden.«

»Wir haben Beweise, wonach er insgeheim staatsfeindlichen Aktivitäten nachgeht.«

»Dann ist er von diesem Augenblick an mein Freund nicht mehr, und ich werde nie mehr mit ihm reden.«

»Im Gegenteil, du wirst sein Freund bleiben. Du wirst ihn, wie bisher, täglich sehen. Aber wenn du ein wahrhafter Patriot bist, so ist es deine Pflicht, uns Bericht zu erstatten von allem, was er sagt und tut, mitsamt den Namen derer, mit denen er verkehrt.«

»Diesen Bericht, wollen Sie ihn täglich oder wöchentlich? In Gedichtform oder in Prosa?«

»Schreib ihn, wie du willst, und lass ihn uns zukommen, wie du willst. Wichtig ist nur, dass er nützliche Informationen für alle enthält.«

»Ich kenne zwar die Preise, die für literarische Produkte von Zeitungen und Zeitschriften, von Radio und Fernsehen gezahlt werden. Aber eure Preise kenne ich nicht.«

»Schreib, was uns und dem Vaterland gefällt, so wirst du erhalten, was dich erfreut.«

»Und wie wird die Bezahlung erfolgen? Innerhalb des Landes oder ausserhalb? In welcher Währung? In Dollar oder Pfund Sterling oder in Euro?«

Dschoha der Damaszener

Dschoha

Dschoha, ebenso bekannt unter seinem anderen Namen, dem im Türkischen gebräuchlichen Nasrettin Hoca, ist die Eulenspiegel-Figur des (hauptsächlich südlichen) Mittelmeerraumes, eine Figur, über die schon seit Jahrhunderten Anekdoten und Witze verbreitet und in unzähligen Sammelbänden zusammengetragen sind. Die unterschiedlichsten Geschichten wurden unter Dschohas Namen weitergegeben. Sie umfassen den gesamten Bereich menschlichen Lebens, von der Konfrontation mit dem Herrscher über das Religiöse und das Marktleben bis hin zum Sexuellen. Da Dschoha als Inbegriff einer Figur aus dem Volk gilt, schrecken die Geschichten über ihn vor nichts zurück, nicht vor Obszönität, nicht vor dem Fäkalischen und auch nicht vor der als naiv kaschierten Dreistigkeit den Herrschenden gegenüber.

Warum wurde er eingesperrt?

Eines Tages sagte der König zu Dschoha: »Meine Untertanen sind von der Krankheit der Klagelust befallen. Wenn der Winter kommt, klagen sie über die Kälte, wenn der Sommer kommt, über die Hitze.«

»Und habt Ihr je irgend jemand den Frühling kritisieren hören?« wollte Dschoha wissen.

Dschoha wurde, niemand wusste warum, eingesperrt und blieb im Gefängnis, bis er ein Buch verfasste, in dem er jene Menschen kritisierte, die an der Krankheit der Klagelust leiden. Das brachte ihm Freiheit, Geld und Ruhm.

Das einzige Heilmittel

Einmal wurde Dschoha gefragt, welche Methoden geeignet seien, das Land von den Dieben zu befreien, die immer zahlreicher, dreister und bösartiger würden.

»Vor einigen Tagen«, erzählte er, »begann einer meiner Backenzähne zu schmerzen, was mir mehrere schlaflose Nächte bescherte. Und erst nachdem ich einen Arzt aufgesucht hatte, der den Missetäter zog, fand ich meine Ruhe wieder.«

Da spotteten die Leute über Dschohas Gerede und hielten es für nichts anderes als billige Zahnarztwerbung.

Wassermelonen

Dschoha legte einen roten Apfel auf einen Holztisch, wies mit seinem langen, mageren Zeigefinger darauf und fragte seine Schüler, was sie sähen.

»Einen Apfel!« riefen diese mit gierigem Blick.

Nur einer wurde zornrot im Gesicht und behauptete, das sei kein Apfel, sondern eine Wassermelone.

»Wer hat Dir gesagt«, erkundigte sich Dschoha neugierig, »dass so eine Wassermelone aussieht und nicht ein Apfel?«

»Mein Vater«, antwortete der Schüler, »und der ist Minister.«

Da erbleichte Dschoha, aber die Schüler riefen alle durcheinander, das sei eben doch ein Apfel und keine Wassermelone.

Doch der Sohn des Ministers beharrte auf seiner gegenteiligen Behauptung.

»Kein Grund zum Streit«, besänftigte Dschoha, »ihr habt ja alle recht. Das ist eine Frucht mit zwei Namen. Im Winter heisst sie Apfel, im Sommer Wassermelone.«

Dasselbe Vaterland

Einmal sagte Dschoha zu seinen Freunden: »Wer errät, was ich in der Tasche habe, bekommt, was er verlangt.«

»Deine Taschen sind leer, da ist nichts drin«, riefen seine Freunde wie aus einem Munde.

»Welcher Spitzel hat euch bloss erzählt, was ich in der Tasche habe?« wollte Dschoha, erstaunt über ihre Antwort, wissen.

»Hast du denn vergessen«, erinnerte ihn einer von ihnen lachend, »dass wir im selben Land leben.«

Ein schwer erfüllbarer Wunsch

Eines Tages sagte Dschoha zu den Seinen: »Wenn ich einmal sterbe, stellt mich aufrecht in mein Grab.«

Als man wissen wollte, was ihn zu solch seltsamem Begehr veranlasst habe, erklärte er: »Was ich im Leben nicht haben konnte, möchte ich gern im Tode haben.«

Doch als er dann gestorben war, wurde ihm sein Wunsch nicht erfüllt.

Tag und Nacht

Einmal traf Dschoha einen Mann, der in seiner Hand ein Ei versteckt hielt.

»Wenn du errätst, was ich in meiner Hand habe«, sagte der Mann forsch, »mache ich dir ein Omelett daraus.«

»Ich werde es ganz sicher erraten und das Omelett verzehren, aber nur unter der Bedingung, dass du mir ein paar Hinweise darauf gibst, was du da in der Hand hältst.«

»Es ist aussen weiss und innen weiss und gelb.«

Da unterbrach ihn Dschoha lautstark und freudig: »Du brauchst gar nicht weiterzureden. Ich hab's schon erraten, und das Omelett ist so gut wie gegessen. Du hast in deiner Hand einen Mann, dessen Worte links und dessen Taten rechts sind.«

Doch dann ass Dschoha das Omelett mit traurigkeit-durchzogener Freude.

Der Lehrer

»Hast du eigentlich je rechnen gelernt?« fragte man Dschoha.

»Ja sicher«, erwiderte dieser. »Ich bin ein Zahlengelehrter und ein ganz grosser Rechenmeister.«

»Dann teile doch einmal tausend Dinare auf hundert Personen auf.«

»Nichts leichter denn das. Tausend Dinare gehen an die Staatskasse, und das war's dann.«

Da erhob sich ein Murren, und viele erklärten, das sei falsch und Dschoha kenne nicht einmal die einfachsten Rechenregeln, worauf Dschoha streng fragte: »Wer wagt es zu behaupten, ich würde falsch rechnen?«

Da machte sich Furcht breit, und alle schwiegen und gaben so zu verstehen, dass Dschoha tatsächlich ein Zahlengelehrter und ein ganz grosser Rechenmeister sei.

Der letzte Streit

Einmal kam ein Mann zu Dschoha und klagte, er habe zwei Frauen, die unablässig miteinander stritten. »Heute war die eine gar drauf und dran, die andere zu erwürgen. Was soll ich bloss tun?«

»Worüber haben sie denn heute gestritten?« wollte Dschoha wissen.

»Die eine sagte, wegen seiner Taten verdiene der König den Strick. Die andere behauptete, er verdiene nur das Gefängnis. Kannst du mir einen Rat geben, wie ich diesen Streitereien ein Ende machen kann?«

»Du brauchst keinen Rat mehr«, erklärte Dschoha. »Wenn du nachhause kommst, wirst du sie beide nicht mehr vorfinden. Heute war ihr letzter Streit.«

Da heiratete der Mann eine dritte Frau.

Das Laufen

Eines Tages sah Dschoha einen Freund, dessen gelassene Ruhe, dessen scharfen Verstand und dessen immenses Wissen er immer hoch geschätzt hatte, aus Leibeskräften rennen.

»Hast du einen wichtigen Termin«, fragte er ihn, »oder bist du unter die Joggingfans gegangen, die glauben, der Körper sei wichtiger als der Geist?«

»Ich trainiere täglich«, entgegnete der Freund, »damit ich aus dem zwanzigsten nachchristlichen Jahrhundert ins zwanzigste vorchristliche Jahrhundert entfliehen kann.«

Da machte sich Dschoha Gedanken über seinen vernünftigen und klarsichtigen Freund, der sich so tragisch verändert hatte. Doch als er erfuhr, dass er auf rätselhafte Weise verschwunden war, machte er sich keine Gedanken mehr. Denn nun war er sicher, dass jener sein Ziel erreicht hatte.

Und so begann auch Dschoha mit täglichem Lauftraining.

Die Hühner

Als aus Dschohas Haus einmal ein Huhn gestohlen wurde, war er untröstlich.

»Bist du wirklich wegen einem gestohlenen Huhn so traurig, als hättest du einen Sohn verloren?« fragten ihn seine Nachbarn.

»Wäre das gestohlene Huhn eures gewesen«, entgegnete Dschoha, »hättet ihr die Völker der Erde aufgefordert, eine Revolution auszurufen, um es wiederzufinden.«

Erst später wurde klar, dass Dschoha nicht übertrieben hatte. Viele Revolutionen wurden ausgerufen, die nicht mehr als ein Huhn zum Ziel hatten.

Das Training

Einmal sah Dschoha einen Mann, der auf einem zwischen zwei Bäumen gespannten Seil zu gehen übte.

»Willst du in einem Zirkus auftreten?« fragte er ihn.

»Nein«, entgegnete der Mann, »ich möchte gern die Fähigkeit erwerben, ein unabsetzbarer Minister zu sein.«

Dschoha lachte. »Dieses Seil, auf dem du zu gehen versuchst, wird dich aber nicht ins Ministerium bringen. Es wird der Galgenstrick sein, an dem du baumeln wirst.«

Der Mann kümmerte sich nicht um Dschohas Gerede, sondern übte eifrig weiter. Und später wurde Dschoha eines Besseren belehrt: Der Mann wurde tatsächlich Minister und blieb es bis zu seinem Tod.

Die Schweigenden

Dschoha hatte immer gern viel geredet, doch plötzlich änderte sich das, und er hielt seinen Mund dauernd fest verschlossen.

»Was ist passiert?« fragten ihn die Leute tadelnd. »Du hältst deine Zunge schon lange gefangen.«

»Es ist besser«, meinte Dschoha, »dass ich meine Zunge gefangen halte, als dass sie mich hinter Gitter bringt.«

Aber Schweigen sei eine Sünde in Zeiten, da das Unrecht herrsche, ereiferten sich die Leute.

Da lachte Dschoha höhnisch. »Ich weiss, dass Schweigen eine Sünde ist, aber Gott ist verzeihend und erbarmend. Der König dieses Landes dagegen ist weder das eine noch das andere, wenn er etwas hört, was ihn erzürnt.«

Da hagelten Tadel und Spott auf ihn nieder, weil er feige sei, worauf er die Leute anfuhr: »Und warum redet ihr nicht? Habt ihr keine Zungen und Gehirne wie ich?«

»Ich habe gerade geheiratet«, sagte einer, »und ich liebe meine Frau, sie ist unvergleichlich schön. Wir sind noch in den Flitterwochen.«

»Ich besitze einen Laden«, meinte ein anderer. »Wenn ich ins Gefängnis komme, kümmert sich niemand um mein Geschäft, und meine Arbeiter bestehlen mich.«

»Ich bin von schwacher Konstitution«, liess sich ein dritter vernehmen, »mit meiner Gesundheit ist es nicht weit her. Ich wäre nicht imstande, Gefängnis und Folter zu ertragen.«

»Es ist doch unsinnig«, erklärte ein vierter, »wenn ich den Mund aufmache und dafür ins Gefängnis komme, bevor ich heirate und Nachkommen habe.«

Und ein fünfter gab zu bedenken, er habe Weib und Kind und es sei seine Hauptaufgabe, für deren täglich Brot zu sorgen.

Als auch noch ein sechster versuchte, sich zu rechtfertigen, unterbrach Dschoha ihn zornig. »Warum sollte denn ich«, schrie er, »der einzige Mann in diesem Lande sein, der nicht das Recht hat, am Leben festzuhalten?«

Dann zog er sich in sein Schweigen zurück und gewann es immer lieber.

Die Zukunft

Eines Tages umstanden ein paar junge Männer Dschoha und baten ihn, ihnen doch etwas über die Zukunft zu erzählen, damit sie erführen, was sie erwartete.

Nach langem Nachdenken erklärte Dschoha: »Eine Zeit wird kommen, da werden die kleinen Jungen die Herren sein. Wenn die Eulen kreischen, wird man ihnen Beifall zollen wie den Nachtigallen, und wenn die Frösche quaken, wird man ehrfürchtig schweigen ob der Weisheit ihrer Worte.«

Die jungen Männer waren überrascht und wollten wissen, was denn das heissen solle. Sie hätten ihn gebeten, ihnen etwas über die Zukunft zu erzählen, die sie nicht kennten, und er rede von der Gegenwart, die ihnen wohlbekannt sei.

»Das ist nicht meine Schuld«, erwiderte Dschoha. »Wer Hunde sät, wird nichts als Gebell ernten.«

Und man verstand Dschohas Worte als eine Prophezeiung über das Säen von Gebell, das in Zukunft wirksam

und beherrschend sein und dem man Ehrerbietung erweisen
würde.

»Mir ist zu Ohren gekommen«, sagte der König einmal zu
Dschoha, »dass du von mir behauptest, ich sei ein Tyrann.«

»Selbst wenn alle Menschen das behaupteten«, protestierte Dschoha, »ich würde es niemals tun.«

»Und wieso setzt du dich mit einer solchen Überzeugung
von den anderen ab?«

»Wie könnte ich es wagen, so etwas zu äussern, wo
ich doch, sollte ich das Land an Eurer Statt regieren, den
Leuten bei lebendigem Leibe die Haut abziehen würde.«

»Und was tätest du mit all diesen Häuten?«

»Dank ihrer würde das Land zum Schuhexporteur.«

»Keine schlechte Idee«, meinte der König beifällig. »Das
könnte zum Reichtum des Landes beitragen. Du verdienst
eine Belohnung.« Der König befahl, Dschoha so auszupeit-
schen, dass es ihn schmerzte, er aber nicht stürbe.

»Ist das die versprochene Belohnung?« rief Dschoha.
»Womit habe ich das verdient?«

»Du hast zwar das Recht, den Leuten nach Belieben die
Haut abzuziehen«, erwiderte der König, »aber du hast nicht
das Recht zu denken, du könntest das Land an meiner Statt
regieren.«

Da rief Dschoha den Mannen des Königs flehentlich zu,
ihn rasch und unbarmherzig durchzuprügeln, als Strafe für
seine Torheit und seinen unverzeihlichen Lapsus.

Der beste Reiter

Als man einmal ein Wettrennen ausrichtete, um den besten Reiter und das beste Pferd zu ermitteln, kam Dschoha auf seinem Esel geritten und tat seinen Wunsch kund, auch daran teilzunehmen. Man fragte ihn, wie er sich das denn vorstelle, wo er doch kein Reiter und sein Esel träge und langsam sei.

Dschoha lachte. »Niemand anders als ich wird dieses Rennen gewinnen«, erklärte er. »Wer anderes behauptet, sieht nicht die sonnenklarste Tatsache.«

Man bat ihn, deutlicher zu werden, doch er weigerte sich, etwas zu sagen, beteiligte sich an dem Wettrennen und wurde prompt Sieger. Da fiel den Leuten wieder ein, was sie längst vergessen hatten, dass nämlich ein Vetter Dschohas eine einflussreiche Stellung bekleidete, imstande, selbst die Herzen der Tapfersten Tag und Nacht vor Angst zittern zu lassen.

Die Fatwa

Eine Frau heiratete und gebar drei Monate später ein Kind.

Da gingen ihre Nachbarn zu Dschoha, erzählten ihm davon und baten um seine Meinung. Dschoha dachte lange nach.

»Wenn die Frau arm ist«, sagte er dann, »so ist es ein Kind der Sünde. Ist sie aber reich, so ist es eines jener Wunder, die die Allmacht Gottes des Erhabenen offenbaren.«

Eine schwierige Aufgabe

Dschoha traf einen Mann, der nach langen Jahren und vielen Reisen in zahlreiche Länder der Welt in seine Heimat zurückgekehrt war. Er habe ein Land gesehen, erzählte er Dschoha, in dem Männer und Frauen die gleiche Kleidung trügen.

»Arme Geschöpfe, die Leute dieses Landes«, entgegnete Dschoha. »Wie können sie denn Männer und Frauen unterscheiden, wenn sie einen neuen König wählen wollen?«

Das Ministeramt

Kaum erwacht, befahl der König einmal, Dschoha heranzuschaffen. Wenige Minuten später erschien dieser.

»Weisst du, warum ich nach dir verlangt habe?« wollte der König wissen, der finster und streng dreinblickte.

»Mein Herr ist so gütig und so gnädig und weiss, dass ich seit Tagen nichts gegessen habe. Darum hat er Erbarmen mit mir und wünscht, dass ich ihm beim Frühstück Gesellschaft leiste.«

»Dich interessiert auf dieser Welt nichts anderes als dein Bauch! Wann wirst du dich endlich weiterentwickeln und kultiviert und zivilisiert werden?«

»Das Interesse an Bauchesdingen«, entgegnete da Dschoha, »ist grundlegend für alle, die sich mit Verstandesdingen befassen wollen. Wer kann schon einen klaren Gedanken fassen, solange Magen und Taschen leer sind?«

»Ich habe nicht nach dir verlangt, um mit dir über Bauch und Taschen zu diskutieren, sondern weil ich letzte

Nacht einen seltsamen Traum hatte, der mich beunruhigte und betrübte. Ich sah mich als Toten, aber kein Mensch folgte meiner Bahre.«

Dschoha lächelte. »Kein Grund, um traurig zu sein. Es ist ein grossartiger Traum. Mein Herr sollte sich darüber freuen. Es gibt nur eine Erklärung dafür, dass nämlich alle Menschen sterben werden und allein mein Herr am Leben bleibt. Nur Dschoha wird weiterleben, um seinen Herrn zu trösten und ihm in Treue und Ergebenheit zu dienen.«

»Heute morgen«, sagte der König, »verlangt und begehrt meine Seele nach gutem Rat. Erteile mir also Ratschläge, die mir im Diesseits und im Jenseits nützlich sind.«

»Gott ist gross!« rief Dschoha. »Welch edle Bescheidenheit! Er, dessen Rat die Menschen ersehnen, verlangt selbst nach Rat. Und von wem? Von mir, einem Unwissenden!«

»Du wirst ohne Kopf nachhause zurückkehren«, rief der König wütend, »wenn du nicht sofort deinen Mund aufmachst und mir einen guten Rat gibst.«

»Im Augenblick«, lenkte Dschoha ein, »habe ich nur Ratschläge bezüglich der Minister und ihres Amtes.«

»Es sind sicher Ratschläge, würdig, angehört zu werden, ist doch der Minister die Brücke zwischen mir und den Leuten.«

»Mein erster Rat lautet: Ernennt nie einen Armen zum Minister; er könnte stehlen, um reich zu werden. Ernennt auch nie einen Reichen zum Minister; er könnte sich gierig auf alles stürzen, um seinen Reichtum noch zu vermehren. Mein zweiter Rat lautet: Macht es bei jedem Aspiranten auf das Ministeramt zur Bedingung, dass er drei Monate nach Übernahme des Amtes geköpft wird.«

»Aber eine solche Bedingung«, warf der König ein, »wird alle dieses Amt meiden lassen, und ich stehe wieder ohne Minister da.«

»Lasst Euch dadurch nicht beirren, Herr! Ich persönlich bin durchaus willens, Minister zu werden, selbst wenn mir der Kopf schon nach drei Tagen, nicht erst nach drei Monaten abgeschlagen werden sollte.«

Es wurden viele Minister ernannt, ohne dass sie gegen die Bedingung Einspruch erhoben hätten.

Doch bald erfuhr die Bedingung eine gewisse Modifikation: Es wurden nur noch die Häupter der Kritiker der Minister abgeschlagen.

Der gerechte König

Einmal wies der König auf seinen Esel und fragte die Umstehenden: »Was meint ihr zu meinem Esel?«

Da beeilten sich die Minister, Gardisten und Würdenträger, den Esel zu preisen und all seine einzigartigen Vorzüge aufs höchste zu loben.

Als der König bemerkte, dass Dschoha Stillschweigen bewahrt hatte, verlangte er auch nach seiner Meinung.

»Da in der Kürze die Würze liegt«, antwortete Dschoha, »meine ich, dass der Esel des Königs der König der Esel ist.« Dem König gefiel Dschohas Antwort wohl, doch einer der Würdenträger beeilte sich, dem König zuzuflüstern, mit dieser Bemerkung drücke Dschoha sich um eine Antwort.

Da verfinsterte sich die Miene des Königs. »Wenn du jetzt nicht deine wahre Meinung über meinen Esel ohne Wenn und Aber kundtust«, drohte er, »werde ich dir mit diesem meinem Schwert den Kopf abschlagen.«

»Nur einen Fehler hat der Esel des Königs«, erwiderte Dschoha.

»Und das wäre?« erkundigte sich der König ungnädig.

»Dass er nicht so spricht wie die Menschen.«

Der König runzelte die Stirn und dachte einige Augenblicke nach. Dann sagte er: »Da hast du nicht ganz Unrecht. Man muss meinem Esel das Sprechen beibringen. Ich betraue dich mit dieser Aufgabe. Wie lange wirst du dazu brauchen?«

»Nicht länger als drei Tage«, antwortete Dschoha.

»Wenn es dir gelingt, werde ich dich belohnen und dich zum Minister ernennen. Andernfalls aber wird die Strafe hart sein.«

»Es wird mir gelingen, und ich werde Minister sein«, entgegnete Dschoha zuversichtlich.

Der erste Tag verging, ebenso der zweite und der dritte. Am Morgen des vierten Tages liess der König Dschoha rufen, und dieser erschien in Begleitung des Esels.

»Die Frist ist abgelaufen und der Tag für Belohnung oder Strafe gekommen.«

Da iahte Dschoha, während der Esel mit klarer Zunge zum König sprach: »Es ist mir also gelungen, und ich habe ein Anrecht darauf, zum Minister ernannt zu werden.«

Der König lachte lange, voller Bewunderung über den Scharfsinn und die Begabung seines Esels. Er ernannte ihn

zum Minister. Und als der König starb, nahm der Esel seinen Platz ein und ward der gerechteste König, der je über
das Land herrschte.

Die Bärte

Tamerlan

*Als einer der grossen Eroberer der Weltgeschichte ist Timûr Lang,
Timûr der Lahme (ca. 1336–1405), gleichermassen berühmt und
berüchtigt. Berüchtigt für seine vielen zerstörerischen Feldzüge
zwischen China und Anatolien, berühmt für den Ausbau der
Stadt Samarkand, die seiner Herrschaft und Initiative eine Anzahl bedeutender Beispiele islamischer Architektur verdankt.*

*Spross eines Mongolenstammes, der sich gern auf Dschingis
Chan zurückgeführt hätte, gelang ihm durch kluge Personalpolitik
der Weg zur Führerstellung, bevor er kurz nach der Mitte des
14. Jahrhunderts seine Eroberungen begann. Sein Ziel war es, ein
Mongolenreich zu errichten, mindestens so gross wie jenes in der
ersten Hälfte des 13. Jahrhunderts, als mongolische Heere Bagdad
zerstörten (1258) und bis ans Mittelmeer vorstiessen.*

*Tamerlans Nachfolger, die Timuriden, herrschten bis zu Beginn
des 16. Jahrhunderts in Zentralasien und in Persien.*

Die Vögel flohen unseren Himmel. Die Kinder hörten auf, in den Gassen zu spielen. Der Gesang der in den Käfigen gefangenen Kanarienvögel verwandelte sich in ein leises, zittriges Piepsen. Und in den Apotheken ging langsam die Verbandwatte aus. Jetzt waren sie also da, meine Herren, die Armeen des Timûr Lang, welche unsere Stadt umzingelten. Die Sonne aber erschrak nicht, sie ging weiterhin allmorgendlich auf.

Auch wir, die Männer der Stadt, erbleichten nicht. Vielmehr lächelten wir gefasst und priesen Gott, der uns als Männer mit Bärten, nicht als Frauen ohne Bärte erschaffen hat. Dann beriefen wir eine Versammlung ein, um über unsere Befreiung zu beraten. Der erste, der das Wort ergriff, war ein leichtsinniger junger Mann, ein Verkäufer für Damenkonfektion. Voller Eifer rief er: »Lasst uns Krieg führen!«

Als ihn Blicke der Verachtung trafen, verstummte er, und die Schamesröte stieg ihm ins Gesicht. Daraufhin erhob sich der Träger des längsten Bartes in unserer Stadt: »Des Krieges bedarf nur, wer nicht existiert«, sprach er mit fester Stimme, »wir aber – Lob sei Gott – tragen Bärte, also sind wir.« Sogleich wurden beifällige und bekräftigende Stimmen laut. Nach kurzer Debatte beschloss man die Bildung einer Delegation, die mit Timûr Lang verhandeln und von einem Greis angeführt werden sollte, dessen Bart beim Gehen an seine Knie schlug.

Unsere Stadt besitzt sieben Tore. Aus einem von ihnen trat die Delegation, einem weissen Banner folgend, und zog dahin unter Soldaten, zahlreicher als die Sterne und die Heuschrecken. Sie waren darein vertieft, ihre Unterwäsche nach Läusen abzusuchen, und hatten ihre Schwerter der Sonne überlassen, die die Blut- und Lehmspuren daran trocknete.

Mit langsamen, würdevollen Schritten betrat die Delegation das Zelt des Timûr Lang, und siehe da, er war ein junger Mann mit den Augen eines Kindes und dem Lächeln eines Greises.

Der Anführer der Delegation ergriff das Wort: »Wir wollen Frieden, und unsere Stadt gehört dir ohne Krieg. Doch ist sie klein und arm und besitzt weder Gold noch Erdöl. Unsere Frauen sind wie Ziegen, es würde uns freuen, sie loszuwerden.«

»Ich verabscheue es, Blut zu vergiessen, und ich begehre weder Gold noch schöne Frauen«, erwiderte Timûr Lang, »jedoch habe ich erfahren, dass die Barbiere in eurer Stadt hungern, weil ihr darauf bedacht seid, eure Bärte lang wachsen zu lassen. Dies ist ein Unrecht, das ich missbillige, insbesondere, da ich mein Leben dem Ziel geweiht habe, den Unterdrückten zu helfen und Gerechtigkeit auf der ganzen Welt walten zu lassen. Kein Mensch darf hungern.«

Staunen befiel die Delegationsmitglieder, und sie tauschten bestürzte Blicke aus.

»Meine Armeen werden nicht eher von eurer Stadt abziehen«, fuhr Timûr Lang fort, »als bis ihr eure Bärte habt rasieren lassen und die Geschäfte der Barbiere wieder florieren.«

Der Leiter der Delegation antwortete: »Was du forderst, ist wahrlich eine schwerwiegende Angelegenheit, es erscheint unerlässlich, in die Stadt zurückzukehren, bevor wir eine endgültige Antwort geben.«

»Entweder ihr rasiert euch die Bärte oder ich rasiere euch die Köpfe ab«, versetzte Timûr Lang, »ihr habt die Wahl.«

Da verschlug es den Delegationsmitgliedern vor Schreck die Sprache. Plötzlich erschien ihnen das Leben so schön. Denn ist nicht der Himmel tiefblau? Und sind nicht die roten Rosen herrlicher als die Lieder, die die Stimme eines sehnsüchtig Liebenden hervorbringt? Lässt nicht der erste Schrei eines Kindes im Blut grünes Gras spriessen? Und ist nicht der zitternde Mund der Frau ein Mond, der die Nächte mit einem silbernen Messer schlachtet? Indessen dauerte es nicht lange, bis die Delegationsmitglieder sich ausmalten, wie sie vor dem Spiegel stünden und in ihre glattrasierten, bartlosen Gesichter schauten. Da überkam sie Abscheu und Wut, und in diesem Augenblick verwandelte sich der Tod in einen roten Fisch, der unter einer Sonne aus Gold leuchtete.

Im Bewusstsein, dass sämtliche Männer unserer Stadt ergeben lauschten, sprach der Delegationsleiter mit kalter Stimme: »Morgen wird unsere Stadt über ihre Zukunft entscheiden.«

Die Delegation kehrte zurück in die Stadt und wiederholte vor unseren Ohren die Worte des Timûr Lang; da griff Empörung um sich, und einer schrie: »Was hülfe es uns, wenn wir das Leben gewönnen und verlören doch unsere Bärte?«

Am folgenden Tage stürmten Timûr Langs Armeen unsere Stadt. Sie zerstörten die Mauern, zerschmetterten die Tore und metzelten alle Männer nieder. So war es Timûr Lang vergönnt, mit Genugtuung auf einen Berg von Männerköpfen zu starren: fahle Gesichter, mit Blut befleckt, aber lächelnd voller Stolz auf ihre Bärte. Finster blickten sie erst

– wie man erzählte –, und Freude und Glanz wichen erst aus ihnen, als Timûr Lang den Barbieren befahl, ihnen die Bärte zu rasieren.

So, meine Herren, wurden wir ohne Vergeltung besiegt, und es bedeckt uns Schande, die kein Blut je tilgt.

Folgendes wird von Abbâs Ibn Firnâs berichtet

Abbâs Ibn Firnâs

Als Dichter und Gelehrter berberischen Ursprungs weilte Abbâs Ibn Firnâs um die Mitte des 9. Jahrhunderts unter mehreren Herrschern am spanisch-umajjadischen Fürstenhof in Cordoba. Von dort soll er auch einmal nach Bagdad gereist sein.

In den wenigen erhaltenen Berichten über ihn wird er als vielseitig interessiert und erfinderisch geschildert, Eigenschaften, die ihm prompt auch den Vorwurf der Freigeisterei einbrachten. Nicht nur soll er in der komplizierten arabischen Metrik versiert gewesen sein, sondern auch seinem Fürsten eine Uhr gebastelt haben.

Besonders bekannt geblieben ist in der Überlieferung jedoch sein Flugversuch. Er habe sich Flügel gebaut und sie sich dann sogar angeschnallt, heisst es. Den Unfall dabei habe er wie durch ein Wunder unbeschadet überstanden.

Der erste Bericht

Eines Tages soll Abbâs Ibn Firnâs vom König seines Landes vorgeladen worden und gebeugten Hauptes und bebenden Herzens umgehend vor ihm erschienen sein.

»Es ist mir zu Ohren gekommen«, hub der König an, »du habest ein Gewand mit zwei Flügeln und einem Schweif entwickelt, und wer es anlege, dem sei vergönnt, wie ein Vogel zu fliegen. Entspricht dies der Wahrheit?«

»Was Euch zu Ohren gekommen ist, Herr, ist kein Lügengerücht, sondern die reine Wahrheit. Der erste Mensch der Welt, dem es gelingen wird, durch die Luft zu fliegen, wird dieser Euer Untertan sein.«

»Mir ist bekannt, dass die Fische im Wasser leben, die Vögel am Himmel und die Menschen auf der Erde. Warum also willst du fliegen?«

»Ich glaube, dass es nichts Grossartigeres im Leben gibt, als hoch oben dahinzugleiten.«

»Du lügst. Sei ehrlich, und gestehe den wahren Grund, der dich drängt, ans Fliegen zu denken.«

»Ich habe keinen anderen Grund als den genannten.«

»Du willst dem entkommen, was du meine Ungerechtigkeit, Repression, Härte und Tyrannei nennst.«

»Ich kann mir vorstellen, dass meine Widersacher, die mich beneiden, derlei Behauptungen ersonnen und mir angehängt haben, um Euch gegen mich aufzubringen, Herr.«

»Wenn du hartnäckig und überheblich leugnen willst, so lass dir gesagt sein, dass mir Tonbandaufzeichnungen von all deinen Äusserungen vorliegen. Wünschst du sie anzuhören, damit du deine Unschuldsbeteuerungen überdenken kannst?«

Abbâs Ibn Firnâs schwieg. Furchtsam und bedrückt neigte er sein Haupt.

»Ich werde dir jetzt beweisen, wie sehr ich bemüht bin, die Wünsche aller Menschen, über die ich herrsche, zu erfüllen«, fuhr der König fort. »Du willst fliegen, also sollst du fliegen dürfen.«

Der König sprach mit gedämpfter Stimme zu seinen Höflingen, worauf sie Abbâs Ibn Firnâs auf den Gipfel des höchsten Berges im Land führten, hoch über einem Tal, dessen Grund man nicht sehen konnte. Dorthin brachten sie ihn und warfen ihn in die Tiefe. Er fiel, und als er auf dem steinernen Talgrund aufschlug, flogen seine Gliedmassen in alle Richtungen, und er verschied.

Der zweite Bericht

Abbâs Ibn Firnâs soll ein Mann von löblichen Eigenschaften und sauberem Leumund gewesen sein. Man rechnete ihn zu den grossen Gelehrten seiner Zeit. Doch wie jedes menschliche Geschöpf aus Fleisch und Blut unterlag auch er hin und wieder einer Neigung zum Leichtsinn.

Eines Tages im Frühling sass Abbâs Ibn Firnâs in einem grünenden Garten und schaute sich entzückt um. Er sah Vögelchen, die von einem Ort zum anderen flogen, und er beneidete sie. Da überkam ihn ein törichter Wunsch. Er wünschte, er könnte fliegen wie diese Vögelchen, doch er wusste, dass die Erfüllung dieses Wunsches nicht leicht sein würde. Während Monaten dachte er, wirkte er und experimentierte er, bis es ihm schliesslich gelungen war, zwei Flügel zu bauen, genau wie die Flügel der Vögel. Nur durch die Grösse unterschieden sie sich, was durch das unterschiedliche Gewicht von Mensch und Vogel bedingt war.

Eines Morgens nun befestigte Abbâs Ibn Firnâs die beiden Flügel an seinen Armen, erklomm die Mauer einer hohen Festung, sprang und bewegte seine Arme. Es gelang! Er flog, und ein Rausch überkam ihn, wie ihn noch nie ein Mensch erlebt hatte.

Abbâs Ibn Firnâs überflog ein Land nach dem anderen und blickte dabei ständig in die Tiefe. Er sah Völker, die sich bekämpften. Er sah Blut, das wie schmutziges Wasser vergossen wurde. Er sah Kinder, die ohne Arzt und ohne Medikamente von Krankheiten dahingerafft wurden. Er sah Gefängnisse und Galgen und Gerichte, deren Richter Mörder waren. Er sah freie Männer, die die Ketten willkommen hiessen, weil sie sie vor dem Hunger retteten. Er sah den Bruder, der den Bruder tötete und ohne Reue im Leichenzug mitschritt. Er sah die Räuber geehrt und die Ehrbaren verstossen und verachtet. Er sah Verrätereien, die man als historische Ereignisse bezeichnete. Und er sah, wie Geschäfte im Namen von Prinzipien getätigt wurden. Da schluchzte er, ohne sich zu schämen. Aus seinen Augen flossen die Tränen, während er immer weiter flog, so schnell und so kräftig er konnte. Darum achtete er nicht auf den riesigen Berg, der sich vor ihm erhob. Er prallte mit aller Wucht dagegen, sein Körper wurde in Stücke zerrissen, und er verschied.

Der letzte Hafen

Sindbad

In der Gestalt Sindbads, einer der bekanntesten Figuren der Welt-literatur, sind Traditionen langer Jahrhunderte und Überlieferun-gen zahlreicher Kulturen, hauptsächlich Westasiens und Indiens, zusammengeflossen, bis daraus Sindbad der Seefahrer *wurde.*

Dieses Buch voller Reise- und Abenteuergeschichten, von dem auch einzelne Teile Eingang in viele Märchen- und Jugendbücher gefunden haben, ist erst vor etwa dreihundert Jahren, und zwar in Europa, in die Erzählungen aus Tausendundeine Nacht *aufge-nommen worden, als deren Bestandteil es heute gilt.*

So wurde jener Seefahrer aus Basra, der siebenmal seiner Sehn-sucht nachgab, in die Welt hinauszufahren, und ebensooft in seinen Heimathafen zurückkehrte, zum Inbegriff des wagemutigen Aben-teurers und zum vielfach ausgestalteten literarischen Vorbild.

Der Sturm hatte das Schiff zerschlagen, und Sindbad trieb auf einem weiten Meer, einem Meer wie ein finsteres Grab, gross genug, Millionen von Männern, Frauen, Kindern und Gebäuden zu verschlingen. Das war das Ende, kein Zweifel. Er ergab sich den Wogen und sagte dem Leben Lebewohl. Doch plötzlich stiess er gegen eine Planke des zerschlagenen Schiffes, klammerte sich daran fest, und das Holz trug ihn fort und warf ihn an ein Gestade. Dort schloss er die Augen und sank in einen tiefen Schlaf.

Als er erwachte, brannte die Sonne heiss hernieder.

»Was ist denn das?« fragte eine Stimme voller Befremden und fuhr dann fort: »Das muss ein totes Exemplar dieser seltsamen Meerestiere sein. Die Wellen werden es während der Nacht ans Ufer unserer Insel gespült haben.«

Sindbad schlug die Augen auf. Ein Esel stand neben ihm. Er schaute sich um und rief: »Wer hat denn da gesprochen?«

»Ich war es, der da gesprochen hat«, antwortete der Esel.

»Ein Esel, der makellos nach der Schrift spricht?« japste Sindbad überrascht. »Das ist ja wie im Traum! Das ist ja unglaublich!«

»Wirklich unglaublich ist eigentlich nur«, meinte der Esel verdriesslich, »dass du so sprichst wie ich.«

»Wo bin ich?« wollte Sindbad wissen.

»Du befindest dich auf der Eselsinsel. Hier leben nur Esel.«

»Und diese sind allesamt in der Lage zu sprechen wie du?«

Der Esel nickte und betrachtete Sindbad mit prüfenden Blicken. »Und wer bist du?« fragte er. »Ich bin ja nun schon ziemlich alt, aber ein Geschöpf wie du ist mir noch nie unter die Augen gekommen.«

»Was sagst du da?« Sindbad war überrascht. »Du kennst mich nicht? Mich, den Menschen, von dem geschrieben steht, er sei das wertvollste Kapital, und den man als Herrn der Erde bezeichnet.«

»Ich bitte um etwas mehr Respekt. Hier sind nur die Esel Herren.«

Sindbad lachte. »Anderswo auf der Welt ist das genau umgekehrt.«

»Los, komm mit!« befahl der Esel barsch.

»So weit ist es also gekommen, dass mir ein Esel Befehle erteilt.«

»Hör mal«, fuhr ihn der Esel an, »wenn du mir nicht gehorchst, werde ich dich ganz schön treten. Ein Schrei von mir, und Esel ohne Zahl scharen sich hier zusammen und verabreichen dir eine Lektion, die du nicht so rasch vergisst.«

Nach einigen Augenblicken des Nachdenkens sagte Sindbad zu dem Esel: »Ich bin müde, lass mich auf deinem Rücken sitzen!«

»Das ist ja nicht zu fassen!« rief der Esel indigniert. »Auf meinem Rücken willst du sitzen?«

»Warum die Aufregung? Worum ich dich bitte, das ist für Esel bei uns gang und gäbe.«

»Dann müssen die Esel bei euch aber ziemlich eingeschüchtert oder töricht sein«, meinte der Esel verächtlich.

»Und wo willst du mich hinbringen? Zu eurem Präsidenten?«

»Wir haben keinen Präsidenten«, brauste der Esel auf, als hätte man ihn zutiefst beleidigt. »Jeder Esel ist sein eigener

Präsident. Wir brauchen keine Präsidenten und keine Gesetze. Es gibt nichts, was zu Streit und Hader Anlass böte. Wenn jemand hungrig ist, so gibt es frisches Gras in Hülle und Fülle, um sich satt zu essen. Wenn jemand durstig ist, so gibt es süsses Wasser im Überfluss, um den Durst zu löschen. Und wenn jemand schlafen will, so gibt es reichlich Platz, um sich niederzulegen.«

»Wo willst du mich also hinbringen?«

»Ich werde dich dorthin bringen, wo die Esel leben, damit sie dich sehen können. Ich nehme nicht an, dass irgendein Esel unserer Insel je ein Geschöpf wie dich gesehen hat.«

Sindbad fügte sich dem Willen des Vierbeiners und folgte ihm zu einer gras-, wasser- und baumreichen Ebene, auf der sich gewaltige Scharen von Eseln tummelten. Kaum hatten diese Sindbad erblickt, da bildeten sie auch schon einen Kreis um ihn und betrachteten ihn so spöttisch, dass Sindbad das Gefühl hatte, die Blicke würden nicht nur ihn, sondern die gesamte menschliche Gattung erniedrigen.

»Ich verbitte mir diese unziemliche Behandlung«, rief er. »Warum starrt ihr mich an wie eine Fliege, eine Heuschrecke oder einen Frosch? Es stünde euch besser an, mir Respekt zu erweisen! Schliesslich gehöre ich der Gattung Mensch an, die auf der Erde den Dschungel und die Wildnis in fortschritts- und zivilisationsschwere Städte umgestaltet hat. Ausserdem solltet ihr wissen, dass ich aus einem gewaltigen Land stamme, mit dem sich eure lächerliche Insel nicht messen kann.«

»Wenn du schon so mit deinem Land prahlst«, meinte einer der Esel, »sag uns doch, was es dort gibt, was wir nicht auch hätten.«

»Was gibt es denn auf eurer Insel hier anderes als Gras, Wasser und Bäume? In meinem Land gibt es all das ebenfalls. Aber: Es gibt auch Häuser für die Lebenden und Gräber für die Toten. Es gibt Parlamente und Wahlen und Zeitungen und Zeitschriften und Bücher und Radio und Fernsehen. Es gibt Schulen, Universitäten und Sportplätze. Es gibt Schriftsteller, Elektrizität, Strassen, Verfassungen und Staatsgrenzen. Es gibt Heere und Waffen verschiedenster Art. Es gibt Raumschiffe und Männer, die ihren Fuss auf den Mond gesetzt haben. Es gibt Autos, Flugzeuge, Kühlschränke, Revolutionen und Staatsstreiche ...«

Nun legte sich ein seltsames Schweigen über die Esel, und Sindbad betrachtete sie triumphierend.

Dann sagte einer: »Wir müssen zugeben, dass es auf unserer Insel nichts von alledem gibt, was du aufgezählt hast. Aber ist man bei euch glücklich?«

Die Frage überraschte Sindbad. Er senkte den Kopf und brütete lange. Da sind Menschen, die miteinander um Müll kämpfen. Da steht alles zum Verkauf und hat seinen Preis. Sogar der Mensch ist wohlfeil, findet aber keinen Käufer, denn das Angebot übersteigt die Nachfrage. Alles wird immer schlechter und billiger. Der Vater wird den Söhnen fremd, die Söhne behandeln die Väter wie Todfeinde. Die Frau opfert sich für ihren Mann, wenn er ein reicher Affe ist; wenn er arm ist, lässt sie ihn links liegen und kümmert sich nicht um ihn, selbst wenn er alle Vorzüge der Welt auf sich vereinigte. Die Männer sind Weiber, die Weiber Männer. Die Aufrichtigkeit gilt nichts mehr und ist verschwunden, die Lüge wird verehrt. Das Grossmaul sitzt auf dem Stuhl des Ehrlichen, der Ehrliche wird verstossen, verachtet und von den Hunden gehetzt. Täglich wird das Blut Unschuldiger vergossen und bleibt ungerächt. Der Bruder tötet den Bruder, wenn er dadurch einen Schuh gewinnen kann. Wer korrupt ist, wird gelobt und verehrt, wer anständig bleibt, wird behandelt wie ein Muttermörder. Den Freund in der Not gibt es nur in den Lügenmärchen, die man Kindern erzählt.

»Warum antwortest du nicht auf meine Frage?« wollte der Esel schliesslich wissen. »Ist man bei euch glücklich?«

Doch Sindbad hielt den Kopf gesenkt und sagte kein einziges Wort.

In der Folgezeit suchte Sindbad nach einem Weg, von der Eselsinsel zu fliehen, fand aber keinen. Er war gezwungen, weiter dort zu leben. Dabei musste er von den Eseln viel Spott ertragen – dafür, dass er grübelte, dass er auf zwei Füssen ging und dass seine Stimme nicht so hässlich war. Doch nach und nach gewöhnte er sich daran, nur noch über das frische Grün zu grübeln, das er verzehrte. Irgendwann ging er dann auch auf allen vieren, iahte und schlug aus. So gewann er die Achtung der Esel, lebte glücklich und vergass den Gedanken an die Flucht.

Nachwort

Eine Kurzgeschichte ist ein Handlungsablauf, der in das Gewand einer Erzählung gekleidet wird. Und je geschickter der Erzähler die Sinne des Lesers/Hörers kontrolliert, desto besser beherrscht er diese Kunst und desto geschmeidiger handhabt er sie, wenn er mit Geist und Geschick sein Spiel betreibt. Dies gelingt nur, wenn er über eine besondere Sprache verfügt, eine Sprache des raschen Rhythmus und der kurzen Sätze, sowie über ein grosses Talent bei der Gestaltung der Handlung mit Spannungsanstieg und -abfall. Es bedeutet, aus der Position der Furcht, der Freude, der Erregung zu schreiben, in den Tiefen der menschlichen Seele zu versinken, um deren feinsten Regungen nachzuspüren, Regungen der Enttäuschung und des Kummers, der Freude, der Isolation und der Einsamkeit, des Rückzugs auf sich selbst, die Angelegenheiten von Land und Leuten, ihre Probleme, Sorgen und Tragödien zu erforschen oder sich mit ihnen zu freuen. Dies lädt dazu ein, Sakarija Tamer kennenzulernen, mit seiner Eleganz des Ausdrucks und seiner unverfälschten, eindrücklichen Sprache, die fähig ist, verschiedenen Arten menschlichen Lebens mit einem treffenden, klaren, kurzen Satz und einem allgemeinverständlichen, klaren, leichten, einfachen Dialog Ausdruck zu verleihen.

So charakterisiert Faissal Chartasch, syrischer Roman- und Kurzgeschichtenautor und etwa zwanzig Jahre jünger als Sakarija Tamer, seine Annäherung an den »Meister« und beschreibt gleichzeitig die besondere Faszination, die Tamer mit seinem ganz eigenen Stil bis heute ausübt. Denn Sakarija Tamer ist eine Art »erratischer Block« innerhalb der Literaturlandschaft Syriens, wenn nicht sogar derjenigen der (arabischen) Welt. Das gilt nicht nur für Themen und Stil der hier vorgelegten Erzählungen, sondern für sein gesamtes erzählerisches Werk, das inzwischen aus neun Sammelbänden besteht.*

Sakarija Tamer (Zakarîyâ Tâmir) wurde im Jahre 1931 in Damaskus geboren. Im Alter von dreizehn Jahren verliess er die Schule, lernte das Schmiedehandwerk und arbeitete danach bis 1960 in verschiedenen handwerklichen Berufen an unterschiedlichen Orten. In jenem Jahr erschien seine erste Kurzgeschichtensammlung *Ṣahîl al-ǧawâd al-abyaḍ* (Das Wiehern des weissen Rosses). 1960 bis 1963 war er im syrischen Kulturministerium in der Abteilung für Publikation und Übersetzung tätig, danach als Chefredakteur der Wochenzeitschrift *al-Mauqif al-ʿarabî* (Der arabische Standpunkt). Für kurze Zeit, 1965 bis 1966, wirkte er als Drehbuchautor für das saudiarabische Fernsehen in Dschidda, danach, 1967, bei der Zensurbehörde des syrischen Informationsministeriums. In den Jahren 1967 bis 1970 hatte er beim syrischen Fernsehen die Stelle des Archivleiters inne. 1970 bis 1972 war er wieder bei der Zensurbehörde im Informationsministerium angestellt und in dieser Tätigkeit verantwortlich für die Herausgabe von *Râfi*, einer Wochenzeitschrift für Kinder. Als Mitbegründer des Syrischen Schriftstellerverbandes war er von 1973 bis 1975 dessen Vizepräsident und Chefredakteur der von diesem herausgegebenen Zeitschrift *al-Mauqif al-Adabî* (Der literarische

---

* Auf deutsch erschienen: *Frühling in der Asche* (aus dem Arabischen von Wolfgang Werbeck; Basel, Lenos 1987).

Standpunkt). Zwischen 1972 und 1980 arbeitete er auch als Chefredakteur für *Usâma* (eine Zeitschrift für Kinder) und ab 1978 für die vom Kulturministerium publizierte Zeitschrift *al-Ma'rifa* (Wissen).

Sakarija Tamer verliess 1981 Syrien und ging nach London. Seit den neunziger Jahren lebt er in Oxford – als freier Schriftsteller, als Mitarbeiter mehrerer arabischer Zeitungen und Zeitschriften und verschiedentlich auch als verantwortlicher Herausgeber von in Grossbritannien erscheinenden arabischsprachigen Kulturjournalen. Für sein literarisches Schaffen wurde er 2001 mit dem in der arabischen Welt renommierten Sultan-Uwais-Kulturpreis aus Abu Dhabi und 2002 mit dem Syrischen Verdienstorden ausgezeichnet.

1957 begann Sakarija Tamer zu schreiben, und gleich der erste Sammelband sorgte 1960 für Furore. Dieser habe, so schrieb der Literaturwissenschaftler und Kritiker Issâm Machfûs, mit seiner Mischung aus Poesie, Skizzierung und Aussage der Kurzgeschichte einen neuen Weg eröffnet. Von jenem Augenblick an galt Sakarija Tamer als »Geheimtip«. Zu einer Zeit, als die Kurzgeschichte in anderen arabischen Ländern sich erst langsam aus den Fesseln des traditionellen Realismus, wie er sich nach dem Ersten Weltkrieg eingebürgert hatte, zu befreien begann, vollzog Tamers Stil mit einem Schlag die Abkehr von diesem Realismus, den in Syrien die das Feld beherrschenden Meister Abdalsalâm al-Udschaili oder Saîd Hauranîja, Hanna Mîna, Mutâa Safadi oder Ulfat al-Idlibi pflegten.

Einerseits an die arabische Erzähl- und Märchentradition anknüpfend, andererseits gänzlich neuartige Erzähltechniken kombinierend, präsentiert Tamer eine Welt, in der die Gesetze realistischer Logik, die Grenzen von Raum und Zeit, Traum, Phantasie und Wirklichkeit aufgehoben sind. Durch die Technik des Bewusstseinsstroms, eine kühne, an die Grenzen des Surrealismus reichende Metaphorik, die an zentralen Stellen, oft auch abrupt, zum Einsatz kommt, durch Verfremdungseffekte und Ironie eröffnen sich visionäre, teils apokalyptische Gegenwelten.

Seine Geschichten zeichnen sich durch eine dichte, lyrische Sprache und durch kunstvolle Komposition aus, weshalb der Literaturwissenschaftler Sabry Hafez ihn zu Recht als »den Poeten der arabischen Kurzgeschichte par excellence« bezeichnet.

Seit Beginn seines Schaffens bedient sich Sakarija Tamer auch jener Erzählstrategie, deren Besonderheit es ist, Historisches oder Mythisches aus der arabischen und islamischen Tradition zu verarbeiten – eine Strategie, die auch sonst in der zeitgenössischen arabischen Literatur nicht unbekannt ist. Im allgemeinen erscheint sie in einer von zwei Formen: im Gewand der Intertextualität, also der vielfältig möglichen »Wiederverwendung« älterer Texte, oder im Gewand der historischen oder historisierenden Erzählung, also der fiktionalen Rekonstruktion historischer Figuren. Für beide Schreibarten kennt die zeitgenössische arabische Literatur Beispiele.

Für die Intertextualität wären der Palästinenser Emil Habibi zu nennen, die Ägypterin Miral al-Tahawi, der Algerier at-Tâhir Wattâr oder Abdalrachman Munif, der Romancier saudischer Herkunft. Sie alle haben in ihre Werke klassisch-arabische Texte eingearbeitet. Weniger häufig sind Werke, in denen Figuren aus der Geschichte bis zu einem gewissen Grade rekonstruiert werden: beispielsweise in den Romanen des Ägypters Gamal al-Ghitani oder in denen des Marokkaners Bensalem Himmîsch.

Anders bei Sakarija Tamer. Er ordnet die Figuren, deren er sich bedient, auch wenn er überlieferte Aspekte aus ihrem Leben verwendet, ganz den Zielen unter, die sein Schreiben bestimmen: der Entlarvung von Unterdrückung, der Blossstellung von Tyrannei, der Geisselung der Herrschaft des Menschen über den Menschen und der Darstellung menschlicher Versuche zur Befreiung.

Die im vorliegenden Band vereinten Geschichten kreisen um in der arabischen Welt wohlbekannte historische und mythische Figuren, die durch bestimmte Ereignisse, Vorgänge, Handlungsweisen oder Charakteristika bekannt sind. Historisch sind alle ausser Dschoha, dem nahöstlichen Eulenspiegel, Sindbad, dem sagenumwobenen Seefahrer, und Schahrasâd und Schahrijâr, dem berühmten Paar aus der Rahmenerzählung von *Tausendundeiner Nacht*. Doch auch mit den historischen Figuren haben sich im Lauf der Jahrhunderte feste Vorstellungen über ihr Leben und Wirken verbunden, Vorstellungen, die nicht immer mit den in Chroniken überlieferten Berichten in Einklang stehen. Ein schönes Beispiel dafür ist der berühmte Kalif Harûn al-Raschîd, der durch die Erzählungen von *Tausendundeiner Nacht* idealisiert wurde. Ihn haben die Sehnsüchte der einfachen Leute zum »guten Herrscher« hochstilisiert, sein Palast wurde zum geheimnisvollen Traumort. So überliefert es der sogenannte Harûn-Zyklus in der berühmten

133

Erzählsammlung. Die Realität dürfte anders ausgesehen haben.

Tamers Geschichten erheben allesamt keinen Anspruch auf Historizität oder auf eine Geschichtsinterpretation. Sie sind vielmehr Satiren auf Erscheinungen und besonders Missstände in heutigen Gesellschaften, auch, aber nicht nur, den arabischen. Sie stehen also mitten in der politischen Realität. Dabei ist es der Mensch, der unter brutaler Herrschaft, unter beengenden gesellschaftlichen Verhältnissen oder unter einem schwierigen Schicksal leidet, für den sich Sakarija Tamer in erster Linie interessiert.

In »Der die Schiffe verbrannte« wird eine berühmte Heldenfigur der arabisch-islamischen Geschichte für eine zum Erfolg führende Massnahme (als Legende überliefert) von subalternen Handlangern eines Willkürregimes, die noch nicht einmal mitgekämpft haben, angeklagt. Eine Satire auf Debatten im Zusammenhang mit dem arabisch-israelischen Juni-Krieg von 1967.

In »Abdallâh Ibn al-Mukaffaa der Dritte« sieht sich der Buchgelehrte (der Intellektuelle) dem Vorwurf ausgesetzt, Menschen zum Denken anzustiften, ein Vorwurf, der besonders bizarr erscheint, da der Kalif die Ermahnung des Propheten Muhammad zu beherzigen behauptet, man solle sich immer und überall um Wissen bemühen.

In »Der Angeklagte« wird der Freigeist, den man in dem persischen Dichter Umar Chajjâm gern sieht, sogar noch aus dem Grab vor Gericht zitiert und auf der Grundlage nationalstaatlicher Protektionsgesetze u.a. wegen des Genusses von importiertem Wein verurteilt. »Eine Satire über die enthusiastischen, leeren Parolen vieler Länder der dritten Welt«, nennt der Autor selbst diese Geschichte.[*]

In den Geschichten »Der letzte Hafen« und »Der Tag, an dem Dschingis Chan erzürnte« kommen die Esel besonders gut weg. In der ersteren gelingt es der Eselsgemeinschaft, eine Ordnung zu schaffen, die allen ihr täglich Brot (Gras) gibt. In der letzteren vermag es ein Esel (ehemals Mensch), den grossen Dschingis Chan in der Debatte als töricht hinzustellen.

In »Die Bärte« wird das berühmte Descartessche »Ich denke, also bin ich« karikierend aufgenommen und eine Bevölkerung gezeigt – patriarchalisch und in ihren Traditionen erstarrt (islamische Fundamentalisten werden auch »Bärtige« genannt) –, die sich lieber hinmetzeln lässt, als neuen Lebensentwürfen zu folgen.

Ohne dies zum Programm zu erheben, fussen Tamers Erzählungen tief im kulturellen Gedächtnis vorrangig der arabisch-islamischen Gesellschaft, doch darüber hinaus auch demjenigen anderer orientalischer Kulturen sowie der europäisch-westlichen Tradition. Dieses Phänomen illustriert auch der Titel der 1994 veröffentlichten Anthologie *Nidâᶜ Nûh* (Noahs Ruf), aus der zahlreiche hier vorgestellte Geschichten entnommen sind: er verweist auf den ältesten Warner und Mahner aus Judentum, Christentum und Islam gleichermassen.

---

[*] Dieses und die folgenden Zitate entstammen dem Interview, das Ahmad Hissou mit Sakarija Tamer geführt hat, publiziert in INAMO 22, Sommer 2000, S. 38–40.

Helden herkömmlicher Art sucht man in Sakarija Tamers Geschichten vergebens. Das hat, zumindest anfänglich, auch Kritiker gegen den Autor auf den Plan gerufen. Zur Zeit seiner ersten Veröffentlichungen waren vielerorts noch die positiven Helden eines arabischen »sozialistischen« Realismus gefragt. Bei Tamer hingegen gibt es den Antihelden, der zu einem solchen auf zweierlei Weise werden kann. Er kann sich, sozusagen freiwillig, in diese Rolle zurückziehen, wie der Esel, der mit Dschingis Chan debattiert, oder Dschoha hin und wieder. Meist jedoch wird dieser Antiheld in seine Rolle hineingeprügelt oder -gefoltert; der nackten Gewalt zu widerstehen, ist er zu schwach. al-Mutanabbi schreibt, wozu man ihn zwingt, Abbâs Ibn Firnâs wird (im ersten Teil der Geschichte) Opfer des herrscherlichen Zynismus und der herrscherlichen Angst, bevor er sich irgendwie widersetzen könnte, und sein Flug-/Fluchtversuch (im zweiten Teil der Geschichte) scheitert – nicht durch die Vereitlung einer Heldentat, sondern aufgrund seiner Unachtsamkeit aus Entsetzen über den Zustand der Welt.

»Ich schreibe für ein menschenwürdigeres Leben der Araber.« So definierte Sakarija Tamer einmal selbst den Zweck seines Schaffens. Und das gesamte Instrumentarium von Repression und Brutalität in der von ihm gezeigten Welt sei eben »die Wahrheit, die traurig macht«, im Gegensatz zur »Lüge, die froh macht«.

In einer seiner berühmtesten Geschichten, »Tiger am zehnten Tag«, beschreibt Sakarija Tamer die Zähmung eines Tigers »über den Magen«. Am Ende ist der Tiger der Bürger, sein Käfig die Stadt. Doch der Autor weist auf die in dieser Geschichte enthaltene Perspektive hin und gibt damit ein weiteres Mal eine Interpretation der politischen Implikation seines Werks: »Der Tiger ist in der Tierwelt eine wilde Bestie, die nicht gezähmt werden kann. Jeder Zähmungserfolg wird nur vorübergehend sein. (...) Wer die Welt der Tiere nicht kennt, glaubt, dass meine Geschichte am Ende eine Kapitulation darstellt. Nein, das arabische Volk ist dieser Tiger, und die Zähmung ist nicht endgültig. Niemand weiss, wann der Tiger seinen Dompteur frisst.«

Hartmut Fähndrich und Ulrike Stehli-Werbeck

PS. Zur Erleichterung der Aussprache arabischer Namen wurden in der Übersetzung betonte lange Silben mit einem Zirkumflex (ˆ) versehen.

Quellenangaben

Die Geschichten entstammen folgenden Sammelbänden:

Die Hinrichtung des Todes (Iᶜdâm al-maut)
Die Prophezeiung des Kafûr al-Ichschîdi (Nubû' ât Kâfûr al-Iḫšîdî)
Schahrijâr und Schahrasâd (Šahriyâr wa-Šahrazâd)
Der Tag, an dem Dschingis Chan erzürnte (Yaum ghaḍiba Ǧinkizḫân)
Beirut (Bairût)
Abdallâh Ibn al-Mukaffaa der Dritte (ᶜAbdullâh ibn al-Muqaffaᶜ aṯ-ṯâliṯ)
Zwischen zwei Stühlen (al-Ǧâlis wal-wâqiᶜ)
Dschoha der Damaszener (Ḥikâyât Ǧuḥâ ad-Dimašqî)
Folgendes wird von Abbâs Ibn Firnâs berichtet (Yuḥkâ ᶜan ᶜAbbâs ibn Firnâs)
Der letzte Hafen (Âḫir al-marâfi')
   aus: *Nidâᶜ Nûḥ* (Noahs Ruf), London 1994

Der Angeklagte (al-Muttaham)*
Der die Schiffe verbrannte (Alladî aḥraqa s-sufun)*
Die Bärte (al-Liḥâ)*
   aus: *ar-Raᶜd* (Der Donner), Damaskus 1970

Der Tod eines Krummdolchs (Maṣraᶜ ḫanǧar)*
   aus: *al-Ḥiṣrim* (Saure Trauben), London 2000

Für die Übersetzung der mit * versehenen Geschichten ist Ulrike Stehli-Werbeck verantwortlich, für die aller anderen Hartmut Fähndrich.

139